CLASHEZ COMME UN SUPER HÉROS

STÉPHANE GARNIER

CLASHEZ COMME UN SUPER HÉROS

Les Éditions de l'Opportun

Sommaire

« Nous souhaitons tous avoir des super pouvoirs.
Nous souhaitons tous pouvoir faire plus
que ce que nous pouvons faire. »

Stan Lee

« Si je devais choisir un super-héros, je choisirais
Superman. Il est tout ce que je ne suis pas... »

Stephen Hawking

En matière de clash… Super-héros ou super zéro ?

Qui n'a jamais rêvé d'avoir le bon mot pour claquer définitivement le beignet à un malpoli ? Qui n'a jamais voulu apprendre à clasher et répliquer comme un super-héros ? Le rêve, quand on entend leurs *punchlines* et leurs répliques fracassantes !

Qui ne s'est jamais dit comme Dave Lizewski, cet anti-héros des films *Kick-Ass* :

> « Je me suis toujours demandé pourquoi personne ne l'avait fait avant moi. C'est vrai. Avec tous ces comics, ces films, ces séries télés, on aurait pu penser qu'un excentrique solitaire se confectionnerait un costume. Vous trouvez la vie de tous les jours excitante vous ? L'école, le bureau, ça vous passionne ? Je suis le seul à fantasmer là-dessus ? Allez, quoi ! Soyez un peu honnête ! À un moment de notre vie, on a tous eu envie d'être un super-héros. »

Tacler comme un super-héros, c'est tout un art, et même un talent !

Apprenez à clasher comme un super-héros

Taper sur la bêtise ? Le physique ? Savoir garder l'attitude ? Menacer ? Jouer avec la psychologie de l'autre ? Ironiser ? Savoir rester détaché ? Jouer sur les faiblesses ? Insulter avec panache ? Ce sont toutes ces armes et beaucoup plus que les super-héros utilisent pour asseoir leur image, leur charisme et ne jamais se laisser démonter par un ennemi !

Retrouvez dans cet ouvrage, les meilleures *punchlines* des super-héros à travers près de soixante-dix films, pour vous affirmer, envoyer balader, tacler ou juste rire !

« Les comics disent des conneries :
on n'a pas besoin d'avoir des super pouvoirs
pour être un super-héros. »

Dave Lizewski, Kick-Ass, *2010*

Clasher comme un super-héros c'est...

1

NE JAMAIS SE LAISSER DÉMONTER ET GARDER L'ATTITUDE

En cas d'attaques indirectes pour tenter de vous déstabiliser, restez impassible, à la hauteur de vous-même ! C'est ça, votre super pouvoir.

Vous êtes au-dessus de tout ça, au-dessus de votre interlocuteur, alors remettez-le à sa place depuis l'étoile où vous vous trouvez.

Comme le pensent et l'affichent les super-héros dans ce genre de situations : il y a moi et les autres... Moi d'abord !

CAPTAIN AMERICA

« VOUS FAITES LE BEAU AVEC VOTRE ARMURE, MAIS SANS ELLE VOUS ÊTES QUOI ? »

TONY STARK

« UN GÉNIE, MILLIARDAIRE, PLAY-BOY, PHILANTHROPE. »

— *Avengers*, 2012

ROCKET

« ARRÊTE DE SOURIRE, JE T'AI DÉJÀ DIT QUE ÇA NE FAISAIT PAS PROFESSIONNEL. »

— *Les Gardiens de la Galaxie*, 2014

MAGNÉTO

« LE CRAPAUD N'A PAS SA LANGUE DANS SA POCHE, MONSIEUR LE SÉNATEUR, MAIS VOUS NON PLUS. »

— *X-Men*, 2000

DEADPOOL

« IL Y A QUE DES PORTRAITS DE VIEUX AUX MURS… C'EST UN REPAIRE DE GÉRONTOPHILES CETTE TAULE ? »

— *Deadpool 2*, 2018

NATHALIE RUSHMANN

« VOUS AVEZ UN DÎNER À 21 H 30. »

TONY STARK

« PARFAIT ! J'ARRIVERAI À 23 HEURES. »

— *Iron Man* 2, 2010

TONY STARK (VOIX OFF)

« UN HOMME CÉLÈBRE A DIT UN JOUR :
"NOUS CRÉONS NOS PROPRES DÉMONS".
QUI A DIT ÇA ? ÇA VEUT DIRE QUOI ?
PEU IMPORTE. JE LE DIS PARCE QU'IL L'A DIT,
VOILÀ TOUT. ET COMME IL ÉTAIT CÉLÈBRE,
ÇA FAIT DEUX TYPES CONNUS
QUI DISENT LA MÊME CHOSE. »

— *Iron Man 3*, 2013

Quentin Beck

« Ne vous excusez jamais d'être le plus intelligent de la pièce. »

— *Spider-Man, Far From Home*, 2019

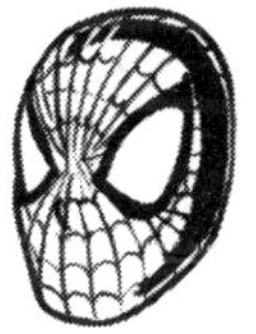

VICKI VALE

« VOUS ÊTES FOU ! »

JOKER

« NON, POISSON. »

— *Batman*, 1989

EITRI

« TU T'APPRÊTES À SUBIR TOUTE LA PUISSANCE D'UNE ÉTOILE… ÇA VA TE TUER ! »

THOR

« SEULEMENT SI JE MEURS. »

— *Avengers : Infinity War,* 2018

KICK-ASS

« COMME CHAQUE TUEUR EN SÉRIE LE SAIT, IL Y A UN MOMENT OÙ L'HEURE N'EST PLUS AUX FANTASMES. IL FAUT PASSER À L'ACTE. »

— *Kick-Ass*, 2010

CATWOMAN

**« TON MONDE N'EST PAS FAIT POUR MOI,
JE PEUX ÊTRE GENTILLE... TRÈS GENTILLE,
MAIS JE PEUX AUSSI ÊTRE MÉCHANTE...
OH OUI TRÈS MÉCHANTE. »**

— *Catwoman*, 2004

TONY STARK

« ON A LES YEUX ROUGES,
ON PLEURAIT SON PATRON DISPARU. »

PEPPER POTTS

« DES LARMES DE JOIES,
J'AI HORREUR DE CHERCHER DU BOULOT. »

— *Iron Man*, 2008

STEVE ROGERS

« ON S'EST PARFOIS SALI LES MAINS, CERTAINS EN ONT MÊME PERDU LE SOMMEIL. MAIS NOUS ÉTIONS SÛRS DE COMBATTRE POUR LA LIBERTÉ. ÇA, C'EST PAS LA LIBERTÉ. C'EST LA TERREUR. »

NICK FURY

« AU S.H.I.E.L.D., NOUS NE CROYONS PAS EN UN MONDE IDÉAL, NOUS LE PRENONS COMME IL EST. ET IL SERAIT PLUS QUE TEMPS DE VOUS CONFORTER À CE PROGRAMME, CAPTAIN. »

STEVE ROGERS

« FAUDRA PATIENTER. »

— *Captain America : Le Soldat de l'hiver*, 2014

THOR

« IL ME FAUT UN CHEVAL. »

VENDEUR

« ON NE VEND PAS DE CHEVAUX.
QUE DES CHIENS, DES CHATS
ET DES PERROQUETS. »

THOR

« ET BIEN DONNEZ M'EN UN GRAND
QUE JE PUISSE MONTER. »

— *Thor*, 2011

TONY STARK

« ON DIRAIT NOËL, MAIS AVEC PLUS DE… MOI. »

— *Avengers*, 2012

Clasher comme un super-héros c'est...

2

TAPER SUR LE PHYSIQUE ET L'ESTHÉTIQUE

Taper sur le physique, c'est moche ! C'est petit… mais il faut bien se l'avouer, qu'est-ce que ça soulage !

Alors pourquoi se priver d'une telle arme quand les super-héros eux-mêmes l'utilisent avec force d'humour !

Juste parce que c'est facile, gratuit et que ça fait du bien, de temps en temps faites-vous plaisir et tapez là où ça fait mal !

INCONNU

« ON DEVRAIT PORTER PLAINTE CONTRE VOUS ! VOUS DÉTRUISEZ TOUT ! »

HANCOCK

« TU DEVRAIS PLUTÔT PORTER PLAINTE CONTRE MCDO POUR AVOIR FAIT DE TOI UN MONSTRE. »

— *Hancock*, 2008

THOR

« JE CROIS QUE VOUS IGNOREZ
QUI VOUS AVEZ DEVANT VOUS. »

TONY STARK

« EUH… LA SHAKESPEARE PARADE ? »

— *Avengers*, 2012

BLIND AL
(AVEUGLE)

« TU SAIS PAS TE SERVIR D'UNE SONNETTE ? »

DEADPOOL

« JE CROYAIS QUE TU M'AVAIS VU AVEC TES OREILLES. »

— *Deadpool 2*, 2018

TONY STARK

« ALORS ? TU TE PRENDS POUR UNE ARAIGNÉE ? L'ARAIGNÉE CONTRE LE CRIME ? T'ES QUI ? SPIDER-BOY ? »

PETER PARKER

« NON... SPIDER-MAN, L'HOMME-ARAIGNÉE. »

TONY STARK

« UN HOMME QUI PORTE DES COLLANTS. »

— *Captain America : Civil War*, 2016

Agent Ross

« Je me fiche de savoir ce que vous mijotez. Ça vous dérangerait d'aller jouer ailleurs ? »

T'Challa

« Je vous ai donné Zemo. »

Agent Ross

« Et moi je n'ai raconté à personne que le roi d'un pays du tiers monde se balade en combi moulante à l'épreuve des balles, alors je dirai que nous sommes quittes, votre Altesse… vous devez sortir d'ici et tout de suite. »

— *Black Panther*, 2018

Johnny (à la Chose)

« Elles sont où tes oreilles ? »

— *Les 4 Fantastiques*, 2005

Princesse Leia à Han Solo

« Plutôt embrasser un Wookie ! »

— *Star Wars : Épisode 1, La Menace fantôme, 1999*

THOR

**« C'EST UNE COURONNE CE TRUC ?
JE CROYAIS QUE C'ÉTAIT UN MONO SOURCIL. »**

— *Thor : Ragnarok*, 2017

AQUAMAN

« TU ES VRAIMENT TARÉ ! »

BATMAN

« JE NE SUIS PAS CELUI QUI A RAMENÉ UNE FOURCHETTE ! »

— *Justice League*, 2017

JOHNNY

« OUAH, LA COUPE ! TU T'ES LOOKÉ PAPY, C'EST BIEN. »

— *Les 4 Fantastiques*, 2005

LOGAN

« C'EST QUI LA BOULE DE POILS ? »

HANK

« "HANK" MCCOY, MINISTRE DÉLÉGUÉ AUX AFFAIRES DES MUTANTS. »

LOGAN

« DÉLÉGUÉ RIEN QUE ÇA. JOLI COSTUME. »

PROFESSEUR X

« HANK, VOICI LOGAN. C'EST… »

HANK

« WOLVERINE ! IL PARAÎT QUE TU ES UN VRAI ANIMAL. »

LOGAN

« TU T'ES REGARDÉ ! »

— *X-Men : L'Affrontement final*, 2006

JOURNALISTE

« ÇA PORTE UN NOM CETTE CHOSE ? »

JOHNNY

« JUSTEMENT "LA CHOSE".
ET ENCORE VOUS NE L'AVEZ PAS VU AVANT. »

— *Les 4 Fantastiques*, 2005

MOTHER RUSSIA

« TU SAIS QUE TU VAS MOURIR, PETITE FILLE ? »

HIT-GIRL

« ÇA SE POURRAIT, SI JE SUIS OBLIGÉE DE REGARDER CETTE TACHE DE MERDE QUI TE SERT DE VISAGE ! »

— *Kick-Ass 2*, 2013

L

« EH, J, Z A APPELÉ. LE HAUT CONSULAT DE SOLAXIUM 9 VEUT VINGT PLACES POUR LE CONCERT DU SIÈCLE. »

J

« EUH, APPELLE MICHAEL JACKSON, IL REFUSERA PAS, IL VIENT DE CETTE PLANÈTE. »

L

« SANS RIRE, MICHAEL JACKSON ?... PAS TERRIBLE SON DÉGUISEMENT. »

— *Men In Black*, 1997

JOHNNY
(À LA CHOSE)

**« SOIS FORT. MAIS MALHEUREUSEMENT,
ON N'A RIEN PU FAIRE
POUR SAUVER TA GUEULE DE SINGE. »**

— *Les 4 Fantastiques*, 2005

Hellboy
(à l'agent Clay)

« Qu'est-ce que t'as fait
à tes cheveux ? Alors ça y est,
t'as enfin des implants ? »

L'agent Clay

« Ça va... ça va épaissir... »

— *Hellboy*, 2004

STAR-LORD

« TU M'ÉTONNES QUE JE SOIS TORDU ! NAN MAIS T'AS VU LA TÊTE DE MON GÉNITEUR ? »

— *Les Gardiens De La Galaxie 2*, 2017

WEASEL

« OH PUTAIN L'ENFOIRÉ,
T'AS UNE SALE GUEULE. »

WADE

« COMME UNE COUILLE EN DENT DE SCIE ? »

WEASEL

« NON, JE VOYAIS UNE CARTE EN RELIEF
DU NEVADA SODOMISÉE À SEC
PAR FREDDY KRUEGER. »

WADE

« C'EST ÇA ! »

WEASEL

« T'AS UNE GUEULE TOXIQUE,
TU ME RAPPELLES UN RAPPORT SEXUEL ENTRE
UNE COURGE ET UN AVOCAT TROP MÛR. »

WADE

« MERCI. »

— *Deadpool*, 2016

Clasher comme un super-héros c'est...

3

SAVOIR CALMER LES ARDEURS !

Ils ont beau être des super-héros, il n'en reste pas moins qu'ils savent préserver une part d'humain en eux : le sexe !

Ils ne lésinent pas sur les sous-entendus graveleux, quitte à s'en servir pour ridiculiser leurs adversaires.

Alors pour calmer les ardeurs de certains prétendants lourdauds ou pour clasher à toute heure, n'hésitez jamais à utiliser des arguments du type : « Ta gueule, mes talons sont plus grands que ta bite ! »

DEADPOOL

« JE NE DIS JAMAIS ÇA, MAIS N'AVALE SURTOUT PAS. »

— *Deadpool*, 2016

GAMORA

« VOUS SERIEZ AUSSI BIEN CAPABLE
L'UN COMME L'AUTRE DE SORTIR
D'UN CHAMP D'ASTÉROÏDES SI VOUS PILOTIEZ
AVEC CE QUE VOUS AVEZ ENTRE LES OREILLES
AU LIEU DE CE QUE VOUS AVEZ
ENTRE LES JAMBES. »

PETER QUILL

« OUAIS ET BIEN MOI JE TE GARANTIS
QUE SI J'AVAIS UNE MAIN ENTRE LES JAMBES,
LES DOIGTS DANS LE NEZ J'AURAIS RÉUSSI
À LE POSER. »

— *Les Gardiens de la Galaxie 2*, 2017

KICK-ASS

« T'AS PAS PEUR DE MOURIR ? »

HIT GIRL

« T'AS PAS PEUR DE GRANDIR ASSEZ POUR REMPLIR TON BOXER ? »

— *Kick-Ass 2*, 2013

DOCTEUR CHASE MERIDIAN

« J'AIME LE LATEX, ÇA ME REND FOLLE. »

BATMAN

« ESSAYEZ UN POMPIER,
ÇA SE DÉSHABILLE PLUS VITE. »

— *Batman Forever*, 1995

MALICIA

« LA PREMIÈRE FOIS QUE J'AI EMBRASSÉ UN GARÇON, IL EST RESTÉ DANS LE COMA PENDANT TROIS SEMAINES. »

— *X-Men*, 2000

JOURNALISTE

« C'EST VRAI QU'IL PEUT ALLONGER N'IMPORTE QUELLE PARTIE DE SON ANATOMIE ? »

JOHNNY

« OUI, EN TOUT CAS JE L'AI JAMAIS TROUVÉ TRÈS FERME. »

— *Les 4 Fantastiques*, 2005

HELLBOY
(SAISISSANT LA LANGUE TENTACULE DE LA CRÉATURE EN PLEIN COMBAT)

« AU DEUXIÈME RENDEZ-VOUS, ON MET PAS LA LANGUE ! »

— *Hellboy*, 2004

SHELLIE

« BAS LES PATTES OU TA QUEUE VA SE CHANGER EN POISSON QUI FRÉTILLE. »

— *Sin City*, 2005

DEADPOOL

« JE PLAINS LE PETIT PUCEAU QUI VA LUI METTRE LA PRESSION POUR COUCHER. »

— *Deadpool*, 2016

GAMORA

**« SI TU ME TOUCHES,
TOUT CE QUE TU RESSENTIRAS
C'EST UNE FORTE DOULEUR À LA MÂCHOIRE. »**

— *Les Gardiens de la Galaxie 2*, 2017

DEADPOOL

« QU'EST-CE QU'UN JOLI ENDROIT COMME TOI FAIT DANS UNE FILLE PAREILLE ? »

— *Deadpool*, 2016

SERLEENA

« PETITE PLANÈTE GROTESQUE. IL SUFFIT D'AVOIR DES GLANDES MAMMAIRES ADAPTÉES POUR POUVOIR LA DIRIGER. »

— *Men In Black 2*, 2002

GARDIEN

« BON, TU TE DÉCIDES À DESCENDRE DE CE TRUC ? TOI T'ES QUELQUE CHOSE. TU CONNAIS LE RÈGLEMENT CHAUDASSE, PAS TOUCHE AUX BARREAUX. »

HARLEY QUINN

« QUOI ? CES BARREAUX-LÀ ? »

GARDIEN

« C'EST ÇA, CES BARREAUX-LÀ. HOLALA ! T'ES VRAIMENT UNE AGITÉE DU BOCAL MA FILLE ! »

HARLEY QUINN

« TU ENTRES ME DIRE ÇA EN FACE ? OU TU AS TROP LES JETONS ? ALLEZ VIENS J'M'ENNUIE ! J'M'ENNUIE ! VIENS JOUER AVEC MOI ! »

GARDIEN

« TU M'AS EXPÉDIÉ CINQ MATONS À L'HOSTO CHÉRIE, T'AURAS PERSONNE POUR JOUER AVEC TOI ! ET TU COUCHERAS PAR TERRE. »

HARLEY QUINN

« JE COUCHE OÙ JE VEUX,
QUAND JE VEUX ET AVEC QUI JE VEUX… »

— *Suicide Squad*, 2016

Le Colonel

**« Tant que ton cœur est bien disposé,
t'es libre de sucer c'que tu veux.
Check man ! »**

— *Kick-Ass 2*, 2013

DEADPOOL (À VANESSA)

« SI TA JAMBE GAUCHE C'EST NOËL,
ET TA JAMBE DROITE C'EST LE JOUR DE L'AN,
ON SE FAIT UNE BOUFFE
ENTRE DEUX RÉVEILLONS ? »

— *Deadpool*, 2016

Clasher comme un super-héros c'est...

4

MENACER SANS MÉNAGEMENT

Dans certaines situations où la bêtise de notre adversaire l'emporte sur sa capacité de discussion, il n'est plus d'autres issues que de sortir les muscles pour lui claquer le beignet en guise de dernière mise en garde.

Les cons ne comprennent parfois que les baffes, inutile de jouer de psychologie avec eux pour les renvoyer dans les filets.

Et gardez toujours en tête cet adage universel vis-à-vis des cons :

« Ceux qui vous chient dans les bottes finissent toujours par remplir les leurs ! »

PROFESSEUR X

« MÊME SI J'AI LA FAIBLESSE DE TOLÉRER VOS CIGARES DANS L'ENCEINTE DE LA RÉSIDENCE, VOUS ALLEZ M'ÉTEINDRE ÇA TOUT DE SUITE, SOUS PEINE DE PASSER LE RESTANT DE VOS JOURS PERSUADÉ QUE VOUS ÊTES UNE FILLETTE DE SIX ANS. »

LOGAN

« CARRÉMENT ? »

PROFESSEUR X

« JE DEMANDERAI À JEAN DE VOUS FAIRE DES NATTES. RAVI DE VOUS REVOIR. »

— *X-Men 2*, 2003

LA CHOSE

**« C'EST ÇA, CAVALE,
T'AURAS DU MIEL BOUBOULE.
ET ÇA SE PREND POUR UN FAUVE… »**

— *Les 4 Fantastiques et le Surfeur d'argent*, 2007

HULK

« NE ME METTEZ PAS EN COLÈRE. VOUS N'AIMERIEZ PAS QUE JE ME METTE EN COLÈRE. »

— *Hulk*, 2003

DEADPOOL
(À AJAX)

« MAINTENANT JE VAIS FAIRE À TA GUEULE CE QUE LIMP BIZKIT A FAIT À LA MUSIQUE DES ANNÉES 1990. »

— *Deadpool*, 2016

JOHNNY

« SI T'ES SAGE, PAPA TE LAISSERA GARER
LA FUSÉE LA PROCHAINE FOIS. »

BEN

« CONTINUE COMME ÇA
ET IL Y EN AURA PAS, DE PROCHAINE FOIS. »

— *Les 4 Funtastiques*, 2005

-SAM-

Le Joker
(en prenant un coup de la part de Rachel)

« Oh, tu fais un peu de résistance, j'aime ça ! »

Batman

« Alors tu vas m'adorer ! »

— *The Dark Knight : Le Chevalier noir*, 2008

Le Joker
(à Batman)

**« Toi, tu refuses de me tuer par principe.
Et moi, je refuse de te tuer
parce que tu es tellement amusant. »**

— *The Dark Knight : Le Chevalier noir,* 2008

STAR-LORD

« TU VAS REGRETTER D'AVOIR TUÉ MA MÈRE ET CASSÉ MON WALK-MAN ! »

— *Les Gardiens de la Galaxie 2*, 2017

HARLEY QUINN

**« C'EST MOI QUI DEVRAIS LEUR FAIRE PEUR !
PAS TOI, PAS MR JOKE !
JE SUIS HARLEY QUINN BANDE DE NAZES ! »**

— *Birds of Prey
(et la fantabuleuse histoire de Harley Quinn)*, 2020

LE JOKER

« N'AS-TU JAMAIS DANSÉ AVEC LE DIABLE AU CLAIR DE LUNE ? »

— *Batman*, 1989

RA'S AL GHUL

« MESSIEURS, IL EST TEMPS DE PASSER LE MOT. ET LE MOT D'ORDRE EST : PANIQUE. »

— *Batman Begins*, 2005

MINDY MACREADY

« J'AIME PAS LES COUPS DE POINGS. »

DAMON MACREADY

« TOUT VA BIEN SE PASSER, MA POUPÉE. »

— *Kick-Ass*, 2010

DEADPOOL

« HAHAHA ! TU VAS MOURIR ÉCRABOUILLÉ PAR UNE SURFACEUSE DE PATINOIRE. »

— *Deadpool*, 2016

JOKER

**« NON, J'VAIS PAS TE TUER…
JE VAIS JUSTE TE FAIRE MAL,
SUPER, SUPER MAL… »**

— *Suicide Squad*, 2016

EDWARDS

« R G P J… ÇA VEUT DIRE REFAIRE LA GUEULE ET PÊTER LES JAMBES. »

— *Men In Black*, 1997

Tony Stark
(à Morgan Stark)

« Allez bonne nuit, et tâche de dormir sinon je vends tous tes jouets ! »

— *Avengers : Endgame*, 2019

LOKI

« J'AI UNE ARMÉE. »

TONY STARK

« NOUS, ON A UN HULK. »

— *Avengers*, 2012

ROCKET
(À DRAX)

« ON VERRA SI TU RIGOLERAS ENCORE QUAND JE T'AURAI LOGÉ CINQ OU SIX BALLES DANS TA SALE GUEULE DE CATCHEUR À LA RETRAITE ! »

— *Les Gardiens de la Galaxie*, 2014

Le Tueur

« Vas-y, enferme-moi. »

Rorschach

« On enferme les hommes,
mais on pique les chiens ! »

— *Watchmen*, 2009

CHEF MILITAIRE

« VOUS M'OBÉISSEZ PAS, VOUS CREVEZ.
VOUS ESSAYEZ DE VOUS ÉCHAPPER,
VOUS CREVEZ. VOUS FAITES MÊME
QUE ME CONTRARIER OU M'ÉNERVER,
VOUS SAVEZ QUOI ? VOUS CREVEZ. »

HARLEY QUINN

« EUH, IL PARAÎT QUE JE SUIS CONTRARIANTE.
JE PRÉFÈRE VOUS LE DIRE TOUT DE SUITE. »

— *Suicide Squad*, 2016

DEADPOOL

« VOUS VOUS DEMANDEZ POURQUOI LE COSTUME ROUGE ? C'EST POUR QUE LES MÉCHANTS NE ME VOIENT PAS SAIGNER. IL Y EN A UN QUI A TOUT COMPRIS, IL A MIS SON FROC MARRON. »

— *Deadpool*, 2016

Tony Stark

« Un pain perdu, dix de retrouvés. »

— *Captain America : Civil War*, 2016

STEVE ROGERS

« QUAND JE VOIS QU'UNE SITUATION DÉGÉNÈRE,
IL FAUT QUE J'INTERVIENNE.
JE M'EN PASSERAIS BIEN POURTANT. »

TONY STARK

« NON. »

STEVE ROGERS

« NON, C'EST VRAI. IL Y A DES JOURS… »

TONY STARK

« … OÙ J'ÉCRASERAIS BIEN MON POING
SUR VOTRE MAGNIFIQUE DENTITION. »

— *Captain America : Civil War*, 2016

HANCOCK

« C'EST BON LES MECS, VOUS EXCITEZ PAS,
J'M'EN COGNE DE C'QUE VOUS AVEZ FAIT !
RIEN À CIRER ! TROIS MECS, DANS UNE
BAGNOLE, AUCUNE FILLE, MUSIQUE TECHNO…
MAIS J'SUIS PAS LÀ POUR JUGER.
VOUS ALLEZ GARER VOTRE BAGNOLE
SUR LA BANDE D'ARRÊT ET VOUS ALLEZ ENSUITE
VOUS RENDRE EN DOUCEUR. SINON, J'VOUS
JURE QUE TOI, TA TÊTE ATTERRIRA DANS L'CUL
DU PILOTE, SA TÊTE ATTERRIRA DANS LE TIEN,
ET TOI T'AS TIRÉ LE GROS LOT, TA TÊTE IRA
FAIRE UN TOUR DANS LE MIEN. »

— *Hancock*, 2008

Clasher comme un super-héros c'est…

5

DÉTESTER QUELQU'UN ET LUI DIRE OUVERTEMENT

Par moments, il n'est pas utile de faire semblant.

Pourquoi répondre avec politesse à quelqu'un que l'on déteste, alors qu'on pense dans notre for intérieur : « Tu veux pas mourir un peu pour voir ? ». Les super-héros ne s'en privent pas, et c'est de bonne guerre ! Comme eux, on est en droit de détester quelqu'un et de lui dire sans ménagement s'il s'approche de trop près !

Un peu d'honnêteté, envers l'autre comme envers soi : une vraie bouffée d'oxygène !

Bob Banks

« Toi, je t'ai dans le nez. »

Hal Jordan

« Je ne pourrais jamais entrer dedans, Bob. »

— *Green Lantern*, 2011

LA CHOSE
(À FATALIS)

**« LE PASSAGE QUE JE PRÉFÈRE,
C'EST CELUI OÙ TU TE FAIS LATTER LA GUEULE. »**

— *Les 4 Fantastiques et le Surfeur d'argent*, 2007

ERIK SELVIG

« VOTRE FRÈRE NE VIENT PAS ? »

THOR

« LOKI A ÉTÉ TUÉ. »

ERIK SELVIG

« OH ! GRÂCE AU CIEL, JE VEUX DIRE… TOUTE MES CONDOLÉANCES. »

— *Thor : Le Monde des ténèbres*, 2013

JOKER
(À MURRAY FRANKLIN)

« TU OBTIENS QUOI SI TU CROISES UN ALIÉNÉ MENTAL SOLITAIRE AVEC UNE SOCIÉTÉ QUI L'ABANDONNE DANS SON COIN ET LE TRAITE COMME DE LA MERDE ? JE VAIS TE LE DIRE, MOI, CE QUE TU OBTIENS ! TU OBTIENS CE QUE TU MÉRITES, ENCULÉ ! »

— *Joker*, 2019

DIRECTEUR DE BANQUE

« DANS LE TEMPS LES CRIMINELS DE GOTHAM AVAIENT UNE CERTAINE ÉTHIQUE. HONNEUR, RESPECT. REGARDE-TOI ! EN QUOI TU PEUX CROIRE ! EN QUOI TU PEUX CROIRE ? »

LE JOKER
(SE PENCHANT SUR LE DIRECTEUR DE LA BANQUE)

« JE CROIS QUE TOUT CE QUI NE NOUS TUE PAS NOUS REND SIMPLEMENT PLUS… (IL ÔTE SON MASQUE DE CLOWN) BIZARRE…

— *The Dark Knight : Le Chevalier noir*, 2008

ERIK

« EXCUSEZ-MOI,
JE M'APPELLE ERIK LEHNSHERR. »

CHARLES

« CHARLES XAVIER. »

WOLVERINE

« ALLEZ VOUS FAIRE FOUTRE
TOUS LES DEUX ! »

— *X-Men : Le Commencement*, 2011

LOGAN

« CASSEZ-VOUS ! (AU MINISTRE)
TOI TU RESTES ! TU VAS ME TROUVER RINGARD
MAIS UN HOMME FIANCÉ HABITUELLEMENT
ÇA FAIT MOINS LE CON. »

MINISTRE

« JE SUIS MINISTRE DE LA JUSTICE,
TU N'AS PAS IDÉE DE CE QUE JE PEUX
TE FAIRE ! »

LOGAN

« SÉRIEUX ? TU VAS JOUER LES DURS EN SLIP
KANGOUROU ALORS ? JE T'ACCORDE DIX MOTS.
DIX MOTS ! POUR ME FAIRE COMPRENDRE
POURQUOI TOI, MINISTRE DE LA JUSTICE,
TU VOULAIS FAIRE FLINGUER TA CHÉRIE PAR
LES YAKUZAS. ET SI J'AIME PAS C'QUE TU
RACONTES, TU VAS T'ENVOLER DU BALCON ! »

MINISTRE

« TU ES TOTALEMENT IGNORANT
DE CE QUI SE PASSE.
(IL REÇOIT UN COUP DE POING DE LOGAN). »

LOGAN

« À COMBIEN ON EN EST ? »

YUKIO

« NEUF. »

LOGAN

« NEUF. Y'A FALLOIR ÊTRE BREF. T'ES SÛR ? »

— *Wolverine : Le Combat de l'immortel*, 2013

HELLBOY
(À LA CRÉATURE SAMUËL DE LA DÉSOLATION)

« EH ! GROS DÉGUEULASSE, LA CUISINE EST FERMÉE. QU'EST-CE QUE TU BOUFFES ? UN CARPACCIO DE SIX GARDIENS, CEINTURES ET BOTTES COMPRISES… PUTAIN, T'AS INTÉRÊT À TE BOURRER DE FIBRES POUR ÉVACUER ! »

— *Hellboy*, 2004

Clasher comme un super-héros c'est...

6

ÊTRE VULGAIRE SI NÉCESSAIRE

Les super-héros prennent souvent de la hauteur quand il s'agit de clasher leurs ennemis, mais cela ne fonctionne pas toujours !

Pour être certains d'être bien compris par ceux qui viennent vous manger la laine sur le dos, compte tenu de leur faible développement cérébral, la vulgarité peut devenir une arme de choix à utiliser sans modération.

Un bon : « Mets-toi la tête dans le cul, tu ressembleras à un oursin ! », s'avère être parfois plus efficace qu'un : « Pourrais-je caresser l'espoir que vous cessiez séance tenante de me piétiner les balloches… » !

JUDGE DREDD

« LE CLAN LÉGENDAIRE ANGEL ET FILS,
PIRATES DE LA TERRE DE MALÉDICTION,
ASSASSINS, CHAROGNARDS, ET AVANT TOUT...
SAC À MERDE. »

HERMAN FERGUSON

« ÇA, JE SENS QUE ÇA VA LES AMADOUER. »

— *Judge Dredd*, 1995

HANCOCK
(À AARON)

**« TU LUI BALANCES UN BON COUP DE PIED
DANS SA P'TITE POMPE À PISSE,
ET TU T'ASSURES QUE SON ENGIN NE LUI SERVE
PLUS QU'À EMPÊCHER LA POUSSIÈRE
D'ENTRER DANS SA BOÎTE À CROTTE ! »**

— *Hancock*, 2008

COLONEL HARDY

« MADEMOISELLE LANE, JE SUIS LE COLONEL HARDY DU NORTHCOM, VOICI LE PROFESSEUR HAMILTON DE L'ANARPA.
VOUS ÊTES EN AVANCE. »

LOIS LANE

« BONJOUR. »

COLONEL HARDY

« ON NE VOUS ATTENDAIT QUE DEMAIN. »

LOIS LANE

« C'EST BIEN POUR ÇA QUE J'ARRIVE AUJOURD'HUI. ÉCOUTEZ, LES GARS ! JOUONS FRANC JEU, OK ? SI JE SUIS LÀ, C'EST PARCE QUE NOUS SOMMES SUR LE SOL CANADIEN ET QUE LA COUR D'APPEL A REJETÉ VOTRE INJONCTION DE ME TENIR À L'ÉCART DE CET ÉVÉNEMENT. ALORS ? SI ON ARRÊTAIT DE COMPARER NOS QUEUES ET QUE VOS HOMMES ME MONTRAIENT CETTE DÉCOUVERTE ? »

— *Man of Steel*, 2013

UNE DAME

« VOUS AVEZ UNE HALEINE
QUI EMPESTE L'ALCOOL. »

HANCOCK

« OUAIS, J'AI PICOLÉ, PÉTASSE. »

— *Hancock*, 2008

AMIE DE BROOKE

« PEUT-ÊTRE QU'ELLE EST GOUINE ! »

MINDY

« PEUT-ÊTRE QUE JE VAIS TE FOUTRE MON PIED DANS TA CHATTE ! »

— *Kick-Ass 2*, 2013

RORSCHACH
(APRÈS AVOIR ASSOMMÉ UN ENNEMI SUR LA CUVETTE DES TOILETTES)

« ÉVACUER UNE MERDE AVEC UN CHIOTTE, J'AVAIS JAMAIS FAIT. LOGIQUE POURTANT. »

— *Watchmen*, 2009

HANCOCK
(À RAY, QUI LUI MONTRE SA FUTURE TENUE MOULANTE DE SUPER-HÉROS)

« JE METTRAI PAS ÇA ! (...)
JE PRÉFÈRE COMBATTRE LE CRIME LE CUL
À L'AIR PLUTÔT QUE DE LE COMBATTRE
DANS DE TRUC-LÀ ! »

RAY

« MAIS TU L'AS DÉJÀ FAIT, CUL À L'AIR,
TOUT LE MONDE LE SAIT,
C'EST SUR YOUTUBE ! »

— *Hancock*, 2008

DEADPOOL

« LA MERDE SE CRÉE TOUTE SEULE, JE NE FAIS QUE LA REMUER. »

— *Deadpool*, 2016

DAVE LIZEWSKI

« NATURELLEMENT, CE QUI ME PERMET DE SUPPORTER LES JOURS DE COURS, C'EST REMPLIR LA CORBEILLE À PAPIER. FRANCHEMENT, IL NE ME FAUT PAS GRAND-CHOSE POUR BANDER. ET JE PENSE QUE LE JOUR OÙ MES HORMONES ME LÂCHERONT, LES ACTIONS KLEENEX VONT S'EFFONDRER. »

— *Kick-Ass*, 2010

LEX LUTHOR

« CONNAISSEZ-VOUS CE MENSONGE VIEUX
COMME L'AMÉRIQUE, SÉNATRICE ?
JE PEUX VOUS APPELEZ JUNE ? »

JUNE FINCH

« OUI, APPELEZ-MOI COMME VOUS VOUDREZ.
PRENEZ UN BOCAL DE PISSE ET APPELEZ
ÇA THÉ À LA PÊCHE DE GRAND-MÈRE.
PRENEZ UNE ARME DE DESTRUCTION
ET APPELEZ-LÀ ARME DE DISSUASION.
VOUS N'ATTRAPEZ NI MOUCHE, NI MOI.
J'AVALERAI PAS ÇA. »

— *Batman v Superman : L'Aube de la justice*, 2016

HANCOCK

« TOI LA VIEILLE, SI TU DIS UN MOT DE PLUS, MON PIED EMMÈNAGE DANS TON CUL ! »

— *Hancock*, 2008

HIT-GIRL
(À MOTHER RUSSIA)

« JE PENSAIS QU'UNE SALOPE COMME TOI AIMERAIT SE FAIRE TROUER. »

— *Kick-Ass 2*, 2013

GAMORA

« C'EST UNE PRATIQUE COURANTE, LE BALAI DANS LE CUL ? »

PETER QUILL

« QUOI ? ÇA, NON… »

GAMORA

« CE DOIT ÊTRE DOULOUREUX. »

PETER QUILL

« C'EST UNE EXPRESSION. UNE IMAGE. »

— *Les Gardiens de la Galaxie*, 2014

DEADPOOL

« ÇA VA CHIER DANS LES CASSEROLES. »

— *Deadpool*, 2016

Big Daddy

« Tu sais où nous joindre
si tu veux nous trouver. »

Kick-Ass

« Bah non, où j'peux vous joindre ? »

Hit Girl

« T'as qu'à appeler le bureau du maire.
Il enverra un signal qui luit dans le ciel.
Le signal a la forme d'une bite géante. »

— *Kick-Ass*, 2010

DEADPOOL
(À COLOSSUS)

« LE JOUR OÙ JE VOUDRAI ÊTRE LA CUILLÈRE
À CACA DE LA JUSTICE, ET VIVRE EN DORTOIR
AVEC UN TAS DE PLEURNICHARDS,
AU PAYS IMAGINAIRE D'UN PERVERS TOUT
CHAUVE QUI A FONDÉ SA PETITE SECTE À LUI
TOUT SEUL, CE JOUR-LÀ TE DIS-JE, J'ENVERRAI
MA DEMANDE À TA FACE DE BOUC. »

— *Deadpool*, 2016

Clasher comme un super-héros c'est…

7

IRONISER

Ironiser pour mieux vanner est une arme délicieuse lorsque l'on désire la manier pour effectuer sa sortie avec panache !

Elle permet de ne pas se prendre au sérieux, comme de ne pas prendre au sérieux celui qui nous fait face.

Alors, pourquoi se priver d'un : « Finalement, t'es pas aussi con que t'en as l'air ! Tu as encore une marge de progression ! », qui fait tant de bien à ce moment-là, plutôt que subir la situation tout en tentant de répondre à tâtons ?

RED

« JE T'AI DÉJÀ DEMANDÉ L'IMPOSSIBLE SANS POSER DE QUESTIONS ? »

BEN

« CINQ FOIS, TU M'AS DEMANDÉ. »

RED

« JE PENSAIS QUE C'ÉTAIT QUATRE FOIS. »

BEN

« CINQ AVEC CELLE-LÀ ! »

— *Les 4 Fantastiques*, 2005

VICKI VALE

« QU'EST-CE QUE VOUS VOULEZ ? »

LE JOKER

« MON VISAGE SUR UN BILLET DE BANQUE. »

VICKI VALE

« VOUS DEVEZ PLAISANTER... »

LE JOKER

« J'AI LA TÊTE DE QUELQU'UN
QUI PLAISANTE ? »

— *Batman*, 1989

CHRISTINE EVERHEART

« ON VOIT EN VOUS LE LÉONARD DE VINCI DU SIÈCLE. »

TONY STARK

« N'IMPORTE QUOI, JE NE SUIS PAS PEINTRE. »

CHRISTINE EVERHEART

« QUE PENSEZ-VOUS DE VOTRE AUTRE SURNOM : LE MARCHAND DE MORT ? »

TONY STARK

« C'EST PAS MAL. MADAME BROWN, C'EST UN MONDE IMPARFAIT MAIS NOUS N'EN AVONS PAS D'AUTRES. JE VOUS ASSURE QUE LE JOUR OÙ LA PAIX N'AURA PLUS BESOIN DES ARMES, JE VENDRAI BRIQUES ET MORTIERS POUR HÔPITAUX POUR ENFANTS. »

CHRISTINE EVERHEART

« VOUS RÉPÉTEZ SOUVENT ? »

TONY STARK

« CHAQUE SOIR, DEVANT LE MIROIR, AVANT DE ME COUCHER. »

— *Iron Man*, 2008

JACK SPARROW

« VOUS POUVEZ ME TUER MON AMI, MAIS NE M'INSULTEZ PAS ! »

— *Pirates des Caraïbes : Jusqu'au bout du monde*, 2007

HERMAN FERGUSON

« JE N'AVAIS PAS LE CHOIX
ILS SE ZIGOUILLAIENT TOUS LÀ-DEHORS ! »

JUDGE DREDD

« VOUS AURIEZ PU SAUTER PAR LA FENÊTRE. »

HERMAN FERGUSON

« DU 40ÈME ÉTAGE ? MAIS C'ÉTAIT SUICIDAIRE ! »

JUDGE DREDD

« PEUT-ÊTRE, MAIS C'ÉTAIT LÉGAL… »

— *Judge Dredd*, 1995

Johnny
(À propos de La Chose)

« Attention, poids lourd en approche. En plus, il est porté sur la chose ! »

— *Les 4 Fantastiques*, 2005

CYCLOPE

« TORNADE, GRILLE-LE ! »

MAGNÉTO

« BIEN SÛR ! LA FOUDRE S'ABATTANT
SUR UN IMMENSE CONDUCTEUR CUIVRÉ…
ET ÇA VIT DANS UNE ÉCOLE ! »

— *X-Men*, 2000

SALVATORE MARONI

« JE CROYAIS QUE LE RÔLE D'UN PROC
C'ÉTAIT DE JOUER AU GOLF AVEC LE MAIRE. »

HARVEY DENT

« LE DÉPART EST À 13 H 30.
ÇA ME LAISSE LE TEMPS
DE VOUS FILER PERPÈTE. »

— *The Dark Knight : Le Chevalier noir*, 2008

ELIZABETH

« LE MOMENT VIENDRA OÙ VOUS POURREZ
ENFIN AGIR AVEC HONNEUR. »

JACK SPARROW

« JE LES ADORE CES MOMENTS...
JE LES SALUE DE LA MAIN
QUAND JE LES VOIS PASSER. »

— *Pirates des Caraïbes : Le Secret du coffre maudit*, 2006

CAPTAIN AMERICA

« J'AI DORMI PENDANT PRÈS DE SOIXANTE-DIX ANS. JE PENSE AVOIR FAIT LE PLEIN. »

— *Avengers*, 2012

ALFRED

« JE VOUS PRÉPARE LA BATMOTO MONSIEUR ? »

BATMAN

« EN PLEINE JOURNÉE ALFRED ? PAS TRÈS SUBTIL. »

ALFRED

« LA LAMBORGHINI ALORS… BEAUCOUP PLUS SUBTIL. »

— *The Dark Knight : Le Chevalier noir*, 2008

TORNADE

« OÙ VAS-TU ? »

WOLVERINE

« LA RETROUVER. »

CHARLES XAVIER

« COMMENT ? »

WOLVERINE

« L'ANCIENNE MÉTHODE : EN CHERCHANT. »

— *X-Men*, 2000

HELLBOY

**« COMMENT JE TROUVERAIS UNE FILLE ?
JE PASSE MON TEMPS À M'BALADER
EN CAMION POUBELLE. »**

— *Hellboy*, 2004

TONY STARK

« QUAND TU SAUVES QUELQU'UN, T'EN FAIS PAS TROP, D'ACCORD ? TU LA JOUES MODESTE OU TU PASSERAS POUR UN PRÉTENTIEUX. »

HARLEY KEENER

« UN PEU COMME TOI ? »

— *Iron Man 3*, 2013

BATMAN
(ALORS QUE LE JOKER TIENT RACHEL AU-DESSUS DU VIDE)

« LÂCHE-LÀ ! »

LE JOKER
(LA RELÂCHANT DANS LE VIDE)

« BIEN PIÈTRE CHOIX DE MOTS. »

— *The Dark Knight : Le Chevalier noir*, 2008

JOHNNY

« J'AI UNE QUESTION QUAND MÊME : COMMENT VOUS FAITES POUR… »

BEN

« MÊLE TOI D'TES AFFAIRES ! »

JOHNNY

« OK. JE M'INQUIÈTE, C'EST TOUT. CE SERAIT DOMMAGE D'APPRENDRE QU'ELLE A PERDU LA VIE DANS UN ÉBOULEMENT ! »

BEN

« TU VAS T'EN PRENDRE UN, D'ÉBOULEMENT ! »

— *Les 4 Fantastiques et le Surfeur d'argent*, 2007

RHOMANN DEY

« NOVA PRIME, ON VIENT DE RECEVOIR UN MESSAGE D'UN DES RAVAGEURS ! D'APRÈS-LUI, RONAN SERAIT EN POSSESSION D'UN OBJET QU'IL NOMME "PIERRE D'INFINITÉ" ET SE DIRIGERAIT VERS XANDAR ! »

NOVA PRIME

« SEIGNEUR ! »

DENARIAN SAAL

« CET HOMME EST UN DÉLINQUANT ! C'EST UN PIÈGE ! »

NOVA PRIME

« VOUS A-T-IL DONNÉ DES RAISONS DE LE CROIRE ? »

RHOMANN DEY

« IL DIT QUE LUI ET SA BANDE VIENNENT DE S'ÉVADER DE PRISON ET QUE LA PREUVE DE LEUR BONNE FOI, C'EST QU'ILS PRENNENT UN RISQUE EN NOUS APPELANT. IL RECONNAÎT QU'IL EST, JE CITE : "UN TROUDUC", MAIS QU'IL N'EST PAS… ET LÀ ENCORE, JE REPRENDS SES PAROLES, QU'IL N'EST PAS POUR AUTANT "UN CREVARD". »

NOVA PRIME

« ET VOUS CROYEZ CET HOMME ? »

RHOMANN DEY

« À VRAI DIRE, JE NE SAISIS PAS BIEN LA NUANCE ENTRE UN CREVARD ET UN TROUDUC, MADAME. »

— *Les Gardiens de la Galaxie*, 2014

JACK SPARROW

**« TU NE REMARQUES RIEN ?
OU PLUTÔT NE REMARQUES-TU PAS L'ABSENCE
DE CE QUE TU DEVRAIS REMARQUER ? »**

— *Pirates des Caraïbe : Jusqu'au bout du monde*, 2007

AGENT K
(À AGENT J)

« N'OUBLIE PAS QU'IL Y A 1 500 ANS,
TOUT LE MONDE ÉTAIT SÛR QUE LA TERRE
ÉTAIT LE CENTRE DE L'UNIVERS… N'OUBLIE PAS
QU'IL Y A 500 ANS, TOUT LE MONDE ÉTAIT
SÛR QUE LA TERRE ÉTAIT PLATE… IL Y A MOINS
DE 20 MINUTES, T'ÉTAIS SÛR, TOI MÊME,
QU'ON ÉTAIT SEUL SUR CETTE PLANÈTE…
IMAGINE DE QUOI TU SERAS SÛR DEMAIN ? »

— *Men In Black*, 1997

Clasher comme un super-héros c'est...

8

JOUER SUR LES FAIBLESSES DE L'AUTRE

Titiller les points faibles, appuyer là où ça fait mal… C'est pas bien !

Mais c'est tellement délectable quand on veut éconduire une star du bac à sable qui veut venir jour dans la cour des grands !

Les points faibles de votre interlocuteur resteront toujours une source intarissable pour le remettre à sa place en toute circonstance, ne vous en privez jamais !

LE PINGOUIN

**« J'EN CONNAIS UN BOUT SUR TOI.
CE QUE TU CACHES, JE LE DIVULGUE.
CE QUE TU JETTES DANS LES TOILETTES,
JE L'EXPOSE SUR MA CHEMINÉE ! »**

— *Batman : Le Défi*, 1992

BATMAN

« QU'AS-TU FAIT ? »

LE JOKER

« J'AI PRIS LE CHEVALIER BLANC DE GOTHAM
ET JE L'AI VITE RABAISSÉ À NOTRE NIVEAU.
ÇA N'A PAS ÉTÉ DUR CAR LA FOLIE,
TU NE L'IGNORES PAS, SUIT LES LOIS
DE LA GRAVITÉ. IL N'Y A QU'À DONNER
UNE LÉGÈRE PICHENETTE. »

— *The Dark Knight : Le Chevalier noir*, 2008

MAGNÉTO

« MONSIEUR LAURIO, NE VOUS FIEZ PAS À UNE BELLE FEMME ET ENCORE MOINS SI ELLE VOUS TÉMOIGNE DE L'INTÉRÊT. »

— *X-Men 2*, 2003

ROCKET

**« QUAND ÇA CRAINT, IL DORT.
MAIS DÈS QUE ÇA PARLE D'OSEILLE,
IL A LA SÈVE QUI MONTE. »**

— *Les Gardiens de la Galaxie*, 2014

HULK

« On ne devrait pas se focaliser sur Loki.
J'ai l'impression qu'il n'est pas tout seul dans sa tête. C'est un malade mental ce type. »

THOR

« Modère tes propos !
Loki a perdu la raison mais il est d'Asgard et c'est mon frère. »

NATASHA ROMANOFF

« Il a tué 80 personnes en deux jours. »

THOR

« Il a été adopté. »

— *Avengers*, 2012

KICK-ASS

« MON SEUL SUPER POUVOIR,
C'ÉTAIT D'ÊTRE INVISIBLE POUR LES FILLES. »

— *Kick-Ass*, 2010

BEN
(EN VOYANT JOHNNY EN FLAMME VOLER PAR LE HUBLOT DE L'AVION)

« POURVU QU'IL Y AIT UN ORAGE... »

— *Les 4 Fantastiques et le Surfeur d'argent*, 2007

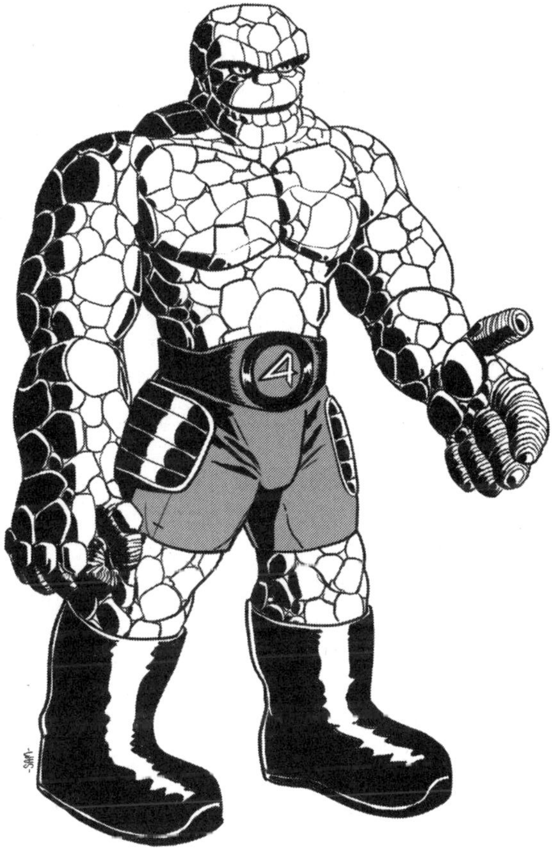

MIRIAM SHARPE

« C'EST FORMIDABLE CE QUE VOUS FAITES POUR CES JEUNES. »

TONY STARK

« OH ! PARCE QU'ILS LE MÉRITENT. ET ÇA M'ALLÈGE UN PEU LA CONSCIENCE. »

MIRIAM SHARPE

« ON DIT QU'IL Y A TOUJOURS UN FOND DE CULPABILITÉ DANS LA GÉNÉROSITÉ. MAIS SI VOUS EN AVEZ LES MOYENS, CONTINUEZ DE FAIRE VOS OMELETTES EN CASSANT DES ŒUFS. »

— *Captain America : Civil War*, 2016

STEPHEN STRANGE

« TU MANQUES D'IMAGINATION. »

MORDO

« NON STEPHEN, TOI C'EST DE CRAN
QUE TU MANQUES. »

— *Doctor Strange*, 2016

HELLBOY
(À L'AGENT JOHN MYERS)

« AU FAIT, À QUOI TU DOIS TON POSTE
DE PRÉPOSÉ AUX PANCAKES ?
À QUOI TU LE DOIS ? À TA PONCTUALITÉ ?
À TA COUPE DE CHEVEUX AU CARRÉ ?
C'EST VRAI, C'EST QUOI TES COMPÉTENCES ? »

— *Hellboy*, 2004

Dr. Strange

« Contrairement au reste du monde
je ne travaille pas pour vous. »

Tony

« Et à cause de ça, on se retrouve
sur un donut volant à des milliards
de kilomètres, sans renfort. »

Spider-Man

« Le renfort, c'est moi. »

Tony

« Non, toi t'es un passager clandestin,
n'interromps pas les grands. »

— *Avengers : Infinity War*, 2018

Clasher comme un super-héros c'est…

9

UTILISER L'HUMOUR COMME UNE ARME

L'humour, une arme redoutable lorsqu'on désire épingler avec gentillesse ou froideur une personne.

Tout le monde s'en croit doté à part égale, comme si la distribution avait été équitable. Alors que beaucoup ont le sens de l'humour d'un Massey-Ferguson[1] *: ça pique et ça arrache !*

Quoi qu'il en soit, user d'humour fait du bien, et permet surtout de se sentir détaché de la situation. À utiliser sans modération !

1. Il s'agit d'une marque de tracteur ! Mais non ce n'est pas un petit tacle ! Un clin d'œil tout au plus ;-)

TORNADE

« QUE FAIT LE CRAPAUD QUAND LA FOUDRE LUI TOMBE SUR LA TÊTE ? IL FAIT COMME TOUT LE MONDE, IL DIT “AÏE”. »

— *X-Men*, 2000

CHARLES XAVIER

« VOICI CEREBRO. »

WOLVERINE

« C'EST GRAND. C'EST ROND. C'EST BIEN. »

— *X-Men*, 2000

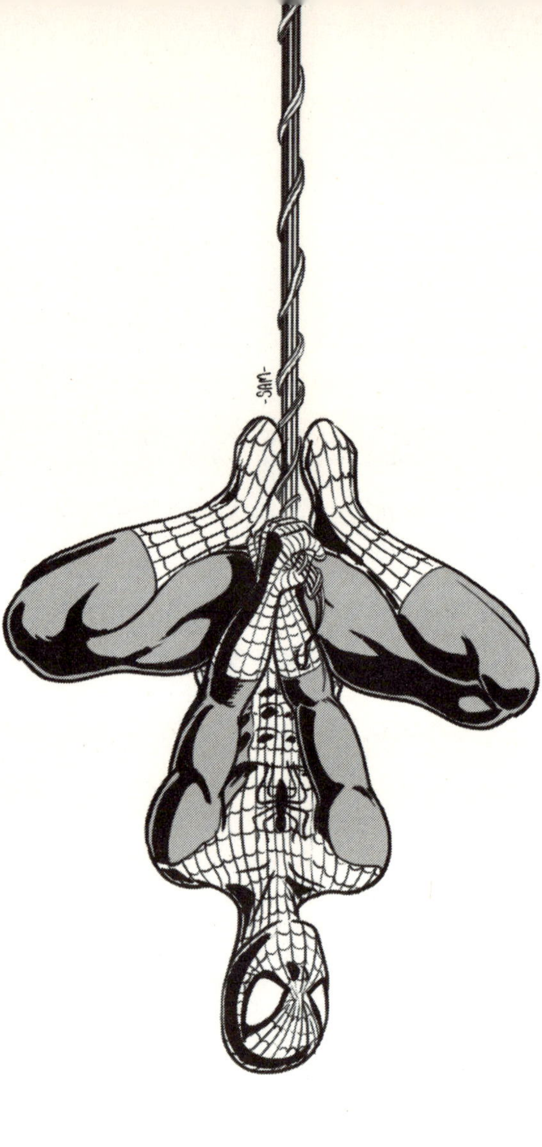
-SAM-

SPIDER-MAN

« TOC-TOC, MONSIEUR LE BANDIT !
JE M'APPELLE SPIDER-MAN !
TU PEUX M'APPELER "TÊTE DE TOILE",
TU PEUX M'APPELER "L'ARAIGNÉE",
MAIS SURTOUT, M'APPELLE PAS POUR QU'ON SE FASSE UNE BOUFFE. ELLE EST BONNE HEIN ? »

— *The Amazing Spider-Man : Le Destin d'un héros*, 2014

JACK SPARROW

« PERSONNE NE BOUGE,
J'AI PERDU MA CERVELLE ! »

— *Pirates des Caraïbes : Jusqu'au bout du monde*, 2007

Peter Parker

« Tu sais, si t'as l'intention de voler des voitures, te déguise pas en voleur de voitures. »

— *The Amazing Spider-Man*, 2012

PROFESSEUR XAVIER

« LOGAN, J'AIMERAIS VOUS PRÉSENTER ORORO MUNROE, ALIAS TORNADE, ET VOICI SCOTT SUMMERS, ALIAS CYCLOPE. ILS VOUS ONT SAUVÉ LA VIE. VOUS CONNAISSEZ DÉJÀ LE DOCTEUR JEAN GREY. VOUS ÊTES DANS MON ÉCOLE POUR SURDOUÉS, POUR MUTANTS. MAGNÉTO NE PEUT RIEN CONTRE VOUS ICI. »

WOLVERINE

« C'EST QUOI ÇA, MAGNÉTO ? »

PROFESSEUR XAVIER

« UN MUTANT PARTICULIÈREMENT PUISSANT QUI PENSE QU'UNE GUERRE COUVE ENTRE LES MUTANTS ET LE RESTE DE L'HUMANITÉ. CELA FAIT ASSEZ LONGTEMPS QUE JE LE SURVEILLE. VOTRE AGRESSEUR EST L'UN DE SES ACOLYTES DU NOM DE DENTS DE SABRE. »

WOLVERINE

« DENTS DE SABRE ? TORNADE ?
ET VOUS C'EST QUOI ? ROULETTES ? »

— *X-Men*, 2000

LE HIBOU II

« ÇA PEUT PAS ÊTRE UN MÉCHANT,
IL EST VÉGÉTARIEN QUOI ! »

RORSCHACH

« HITLER ÉTAIT VÉGÉTARIEN ! »

— *Watchmen*, 2009

ALFRED

« ALORS QUE CHERCHAIT-ELLE ? »

BATMAN

« MES EMPREINTES, J'AI TROUVÉ DU TONER MÉLANGÉ À DU GRAPHITE SUR LE COFFRE, LE RELEVÉ EST BON ET C'EST INTRAÇABLE. »

ALFRED

« PASSIONNANT, INVITEZ-LA POUR LE THÉ, VOUS ÉCHANGEREZ VOS RECETTES ! »

BATMAN

« VOILÀ QUE VOUS VOULEZ ME CASEZ AVEC UNE VOLEUSE DE BIJOUX ? »

ALFRED

« À FORCE, JE VOUS CASERAIS AVEC UNE CHIMPANZÉ, SI CELA VOUS RÉCONCILIAIT AVEC LE MONDE ! »

— *The Dark Knight Rises*, 2012

MARIA HILL

« LE LABORATOIRE EST PRÊT, PATRON. »

TONY STARK
(EN MONTRANT CAPTAIN AMERICA)

« EN FAIT, C'EST LUI LE PATRON. JE ME CONTENTE DE TOUT PAYER, DE TOUT CONCEVOIR ET DE RENDRE TOUT PLUS COOL. »

— *Avengers : L'Ère d'Ultron*, 2015

M'BAKU

« TU NE PARLES PAS ! OUVRE LA BOUCHE ET JE TE SERVIRAIS EN REPAS À MES ENFANTS. JE PLAISANTE, ON EST VÉGÉTARIENS. »

— *Black Panther,* 2018

UN POLICIER

« C'EST TOI QUI REMPLACES IRON MAN QUOI ? »

SPIDER-MAN

« AH NON ! PAS LE TEMPS,
JE SUIS TROP OCCUPÉ À FAIRE VOTRE BOULOT.
NON JE RIGOLE. »

— *Spider-Man : Far From Home*, 2019

TONY STARK

« SI THANOS VEUT LES SIX PIERRES, POURQUOI ON NE JETTERAIT PAS CELLE-LÀ À LA POUBELLE ? »

DR. STRANGE

« PAS QUESTION ! »

WONG

« NOUS AVONS JURÉ DE PROTÉGER JUSQU'À LA MORT LA PIERRE DU TEMPS. »

TONY STARK

« ET J'AI JURÉ DE NE PLUS MANGER DE GLACES, MAIS… EUH… PARAÎT QU'ON A CRÉÉ UN PARFUM POUR MOI, ALORS… »

DR. STRANGE

« LES NOISETTES D'IRON MAN ».

TONY STARK

« PAS MAL ? »

DR. STRANGE

« UN PEU INSIPIDE. »

WONG

« ON PRÉFÈRE LES PISTACHES VERTES DE HULK. »

HULK

« ÇA EXISTE ? »

— *Avengers : Infinity War*, 2018

JOHNNY

**« FINALEMENT, TU LE CONSTRUIS ?
SI MA SŒUR L'APPREND, IL FAUT T'ATTENDRE
À UN COUP DE PIED INVISIBLE
DANS LES BOULES. »**

— *Les 4 Fantastiques et le Surfeur d'argent*, 2007

Peter Parker

« Vous avez pas vu un vieux film qui s'appelle *L'Empire contre-attaque* ? »

James Rhodes

« Tony, mais enfin il a quel âge ? »

Tony Stark

« Aucune idée, je n'ai pas de Carbone 14 pour le dater. »

— *Captain America : Civil War*, 2016

JOKER

« TU SAIS VICK, IL Y A EU UNE GRANDE TRAGÉDIE DANS MA VIE... ALICIA... S'EST JETÉE PAR LA FENÊTRE. MAIS... ON NE FAIT PAS D'OMELETTE SANS CASSER DES ŒUFS ! HIHIHIHIHI ! »

— *Batman*, 1989

Frank D'Amico

« Qu'est-ce qui est le plus crédible ?
Que tu sois un enculé avide d'argent
ou que ma coke ait été volée
par Superman ? »

— *Kick-Ass*, 2010

Clasher comme un super-héros c'est...

10

USER DE PSYCHOLOGIE ET DE PHILOSOPHIE CONTRE SON ENNEMI

En cas d'invective un peu tordue, vous avez aussi la possibilité de ne pas répondre à votre interlocuteur frontalement.

Faites un pas de côté, et repositionnez son attaque à un niveau philosophique qui va le laisser dubitatif.

Il y a fort à parier qu'il prenne alors conscience de la bêtise de son propos, comme de votre supériorité intellectuelle. Juste de quoi le tenir à distance à l'avenir. Car après tout, la vie, la mort… et tout le reste… tout dépend du point de vue d'où l'on se place par rapport à l'idée qu'on s'en fait !

Nick Fury

« Nous ne sommes pas en conflit avec votre peuple. »

Loki

« La fourmi n'est pas en conflit avec la botte. »

— *Avengers*, 2012

TONY STARK
(À JARVIS)

« JARVIS, IL FAUT PARFOIS SAVOIR COURIR AVANT DE SAVOIR MARCHER. »

— *Iron Man*, 2008

TONTO

**« SI LES HOMMES REPRÉSENTENT LA LOI,
JE PRÉFÈRE ÊTRE HORS-LA-LOI. »**

— *The Lone Ranger*, 2013

QUI-GON JINN
(À JAR JAR BINKS)

« CE N'EST PAS PARCE QUE TU PARLES QUE TU ES INTELLIGENT. »

— *Star Wars : Épisode 1, La Menace fantôme*, 1999

RACHEL DAWES

**« QUI QUE L'ON SOIT AU FOND DE NOUS,
NOUS NE SOMMES JUGÉS
QUE D'APRÈS NOS ACTES. »**

— *Batman Begins*, 2005

MAÎTRE YODA
(À ANAKIN SKYWALKER)

« LA PEUR EST LE CHEMIN VERS LE CÔTÉ OBSCUR : LA PEUR MÈNE À LA COLÈRE, LA COLÈRE MÈNE À LA HAINE, LA HAINE MÈNE À LA SOUFFRANCE. »

— *Star Wars : Épisode 1, La Menace fantôme*, 1999

HARLEY QUINN

**« UN ARLEQUIN TU SAIS CE QUE C'EST ?
LE RÔLE DE L'ARLEQUIN EST DE SERVIR.
L'ARLEQUIN N'EST RIEN SANS SON MAÎTRE.
ET TOUT CE QU'ON POURRAIT ÊTRE D'AUTRE,
LES HONNÊTES GENS… S'EN TAPENT ! »**

— *Birds of Prey*
(et la fantabuleuse histoire de Harley Quinn), 2020

PROFESSEUR XAVIER

« LES MUTANTS REPRÉSENTENT-ILS LE PROCHAIN STADE DE L'ÉVOLUTION OU S'AGIT-IL D'UNE NOUVELLE HUMANITÉ PARALLÈLE QUI REVENDIQUE SA PART DU MONDE ?
QUOI QU'IL EN SOIT, C'EST UN FAIT HISTORIQUE : PARTAGER LE MONDE N'A JAMAIS ÉTÉ LA VOCATION DE L'HOMME. »

— *X-Men 2*, 2003

Steve Rogers

« Stark, vous voyez ça ? »

Tony Stark

« Voir est une chose,
y croire en est une autre. »

— *Avengers*, 2012

JOKER

« JE SUIS DÉJÀ MORT UNE FOIS. C'EST UNE LIBÉRATION… SI ON NE PREND PAS ÇA COMME UNE… THÉRAPIE. »

— *Batman*, 1989

-SAM-

JACK SPARROW

« MOI ? JE SUIS MALHONNÊTE ! ET ON SAIT QU'UN HOMME MALHONNÊTE LE RESTERA QUOI QU'IL ARRIVE… HONNÊTEMENT, CE SONT DES HOMMES HONNÊTES DONT IL FAUT SE MÉFIER, PARCE QU'ON NE PEUT JAMAIS PRÉVOIR À QUEL MOMENT ILS FERONT UN TRUC INCROYABLEMENT STUPIDE. »

— *Pirates des Caraïbes : La Malédiction du Black Pearl,* 2003

L'ANCIEN

« ON N'OBLIGE PAS UN FLEUVE À CAPITULER.
ON DOIT SE SOUMETTRE À SON COURANT
ET FAIRE DE SON POUVOIR UNE FORCE. »

STEPHEN STRANGE

« QUOI ? J'AURAIS LE CONTRÔLE UNE FOIS
QUE J'AURAIS RENONCÉ AU CONTRÔLE ?
ÇA N'A VRAIMENT AUCUN SENS. »

L'ANCIEN

« IL N'EST PAS NÉCESSAIRE
QUE CHAQUE CHOSE AIT UN SENS. »

— *Doctor Strange*, 2016

TONY STARK

« VOUS M'AVEZ APPROUVÉ TOUTES CES ANNÉES ALORS QUE JE RECUEILLAIS LES FRUITS DE LA DESTRUCTION ET MAINTENANT QUE JE VEUX PROTÉGER LES MILLIONS DE GENS QUE J'AI MIS EN DANGER, VOUS ME LAISSEZ TOMBER ? »

PEPPER POTTS

« VOUS ALLEZ Y LAISSER LA VIE, TONY. JE REFUSE D'Y PARTICIPER. »

TONY STARK

« À QUOI SERT D'ÊTRE EN VIE SI ON N'A PAS DE RAISON DE L'ÊTRE ? »

— *Iron Man*, 2008

KICK-ASS

« UN HOMME N'EST QUE PURE FICTION.
UN JOUR IL NAÎT, L'AUTRE JOUR IL MEURT. »

— *Kick-Ass*, 2010

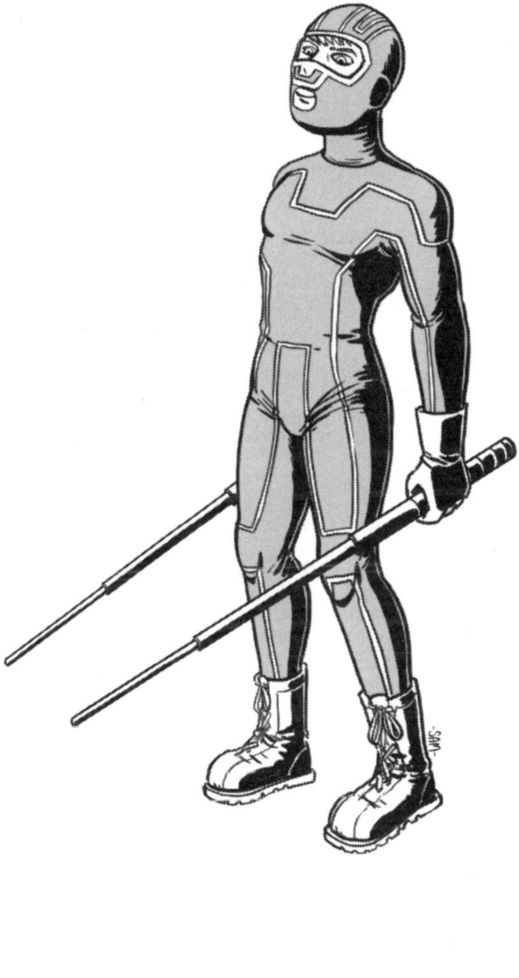
-SAM-

DEADPOOL

« C'EST JAMAIS QU'UN CANCER DU FOIE, DES POUMONS, DE LA PROSTATE ET DU CERVEAU… RIEN DE VITAL. »

— *Deadpool*, 2016

EDNA

**« LE PASSÉ C'EST LE PASSÉ, DARLING,
ÇA PARASITE LE PRÉSENT ! »**

— *Les Indestructibles*, 2004

TONY STARK

« JE VAIS ÊTRE SINCÈRE AVEC VOUS,
MON PÈRE AVAIT UNE PHILOSOPHIE :
LA PAIX, C'EST EN AVOIR UNE PLUS GROSSE
QUE LE VOISIN. »

CHRISTINE EVERHEART

« RÉPLIQUE IDÉALE DE LA PART
DU GROSSISTE. »

— *Iron Man*, 2008

Le Comédien

« Depuis la nuit des temps les hommes s'entretuent, aujourd'hui on a juste l'occasion de terminer le travail ! »

— *Watchmen*, 2009

ELASTIGIRL

« TOUT LE MONDE EST EXCEPTIONNEL. »

FLÈCHE

« OUAIS, AUTREMENT DIT, PERSONNE NE L'EST. »

— *Les Indestructibles*, 2004

Bruce Banner

« La dernière fois qu'on s'est vu,
vous vouliez tuer tout le monde.
Vous en êtes où, aujourd'hui ? »

Loki

« C'est variable, ça dépend des moments. »

— *Thor : Ragnarok*, 2017

ULTRON

« COMME JE LE DIS TOUJOURS, ENRICHIS TES AMIS ET TES ENNEMIS ET TU VERRAS PLUS TARD QUI EST QUI. »

— *Avengers : L'Ère d'Ultron*, 2015

BATMAN

**« TU N'AS JAMAIS ÉTÉ UN DIEU…
TU N'ÉTAIS MÊME PAS UN HOMME. »**

— *Batman v Superman : L'Aube de la justice*, 2016

T'CHALLA

« EN TEMPS DE CRISE, LE SAGE CONSTRUIT DES PONTS, LE FOU CONSTRUIT DES MURS. »

— *Black Panther*, 2018

HARTIGAN

« Un vieil homme meurt, une jeune femme vit. Commerce équitable. »

— *Sin City*, 2005

JACK SPARROW

« LA MORT A UNE CURIEUSE FAÇON DE FAIRE LE TRI PARMI LES PRIORITÉS. »

— *Pirates des Caraïbes : Jusqu'au bout du monde*, 2007

Clasher comme un super-héros c'est…

11

AVOIR LE DERNIER MOT

Clasher comme un super-héros, c'est aussi répliquer de manière définitive pour clore la discussion.

Inutile d'échanger plus longtemps avec cet ectoplasme qui vous grignote les neurones et aspire votre temps ! Alors soyez définitif, ayez le dernier mot !

On peut être allergique aux cons – c'est bien normal – et vouloir s'en dégager au plus vite !

« Circule virgule ou je t'apostrophe ! » doit devenir votre état d'esprit !

DAVE LIZEWSKI

« QUAND ON N'A PAS DE POUVOIRS, ON N'A PAS DE RESPONSABILITÉS. »

— *Kick-Ass*, 2010

CHARLES XAVIER

« TUER SHAW NE T'APPORTERA PAS LA PAIX. »

ERIK LENSHERR

« LA PAIX N'A JAMAIS ÉTÉ UNE OPTION. »

— *X-Men : Le Commencement,* 2011

HERMAN FERGUSON

« JE NE BOUGERAI PAS D'ICI,
PAS AVANT QU'ON ME COFFRE OU QUE VOUS
ME FASSIEZ VOS EXCUSES ! »

JUDGE DREDD

« LA LOI NE FAIT PAS D'EXCUSES !
JAMAIS JE N'AI FAIT D'EXCUSES. »

— *Judge Dredd*, 1995

RHODES

« DEPUIS QUAND TU N'AS PAS DORMI UNE NUIT ENTIÈRE ? »

TONY STARK

« EINSTEIN DORMAIT TROIS HEURES PAR AN, ET IL A RÉUSSI. »

— *Iron Man 3*, 2013

HULK

« ON N'EST PAS UNE ÉQUIPE, ON EST UNE BOMBE À RETARDEMENT... »

— *Avengers*, 2012

UNE ENFANT AU PARC

« TU SERAIS PAS SUPER-HÉROS TOI ? »

DEADPOOL

« JUSQU'AU TROU DU CUL, CHÉRIE. »

— *Deadpool 2*, 2018

Tony Stark

« Si tu ne décides pas de ton destin,
c'est ton destin qui décide pour toi. »

— *Iron Man*, 2008

VICTOR

« CHÉRIE, ON FAIT LA PAIX ? »

SUSAN

« NON, LA GUERRE ! »

— *Les 4 Fantastiques*, 2005

HECTOR BARBOSA

« ALORS JACK SPARROW. SOMMES-NOUS DONC DEUX IMMORTELS CONDAMNÉS À UN COMBAT ÉPIQUE JUSQU'AUX TROMPETTES DU JUGEMENT DERNIER ? »

JACK SPARROW

« TU PEUX AUSSI TE RENDRE. »

— *Pirates des Caraïbes :*
La Malédiction du Black Pearl, 2003

Hit Girl

« J'préfère être bouffée par des requins que d'écouter Justin Bieber. »

— *Kick-Ass 2*, 2013

MAÎTRE YODA
(À LUKE)

**« QUAND 900 ANS COMME MOI TU AURAS,
MOINS EN FORME TU SERAS. »**

— *Star Wars : Épisode 6, Le Retour du Jedi*, 1983

LA VALKYRIE

« ÉCOUTEZ, JE SUIS, DEPUIS DES ANNÉES, DANS LE CIRAGE POUR OUBLIER MON PASSÉ. SAKAAR ÉTAIT L'ENDROIT IDÉAL POUR BOIRE, OUBLIER ET ATTENDRE DE MOURIR. »

THOR

« OUI, JE ME DISAIS AUSSI QU'À TROP BOIRE, VOUS FINIRIEZ PAR VOUS TUER. »

LA VALKYRIE

« JE COMPTE PAS ARRÊTER DE PICOLER. »

— *Thor : Ragnarok*, 2017

Tony Stark

« Ce type de menace, c'est quitte ou double.
Comment vous espérez l'affronter ? »

Steve Rogers

« Ensemble. »

Tony Stark

« On perdra. »

Steve Rogers

« Et bien ça aussi on le fera ensemble. »

— *Avengers : L'Ère d'Ultron*, 2015

-SAM-

DEADPOOL

« UN GRAND POUVOIR ENTRAÎNE DE GRANDES IRRESPONSABILITÉS. »

— *Deadpool*, 2016

JACK SPARROW

« JE N'AI DE SYMPATHIE POUR AUCUN DE VOUS, BANDE D'ASTICOTS, NI MÊME LA PATIENCE DE PRÉTENDRE LE CONTRAIRE. »

— *Pirates des Caraïbes : Jusqu'au bout du monde, 2007*

Justin Hammer
(à Rhodes)

« La taille compte, ceux qui disent le contraire… vous mentent ! »

— *Iron Man 2*, 2010

RORSCHACH

« JAMAIS DE COMPROMIS, PAS MÊME FACE À L'APOCALYPSE. C'EST ÇA LA DIFFÉRENCE ENTRE TOI ET MOI, DANIEL. »

— *Watchmen*, 2009

DRAX

« QUAND T'ES LAID, SI QUELQU'UN TE DIT QU'IL T'AIME C'EST QU'IL T'AIME POUR CE QUE TU ES. LES GENS BEAUX NE PEUVENT SE FIER À PERSONNE. »

— *Les Gardiens de la Galaxie 2*, 2017

PETER PARKER

« VOUS VOULEZ LE PARDON ? TOURNEZ-VOUS VERS LA RELIGION. »

— *Spider-Man 3*, 2007

CASSANDRA "CASSIE" LANG

« LA PEUR, J'EN FAIS MON QUATRE HEURE. »

— *Ant-Man et la Guêpe*, 2018

J

**« TU TE SOUVIENS PAS DE MOI,
MAIS ON A DÉJÀ TRAVAILLÉ ENSEMBLE. »**

K

**« J'AI JAMAIS TRAVAILLÉ
AUX POMPES FUNÈBRES. »**

— *Men In Black 2*, 2002

ODIN

« ELLE N'A PAS PLUS DE RAISONS D'ÊTRE À ASGARD QU'UNE CHÈVRE N'EN A DE PARTICIPER À UN BANQUET. »

— *Thor : Le Monde des ténèbres*, 2013

Clasher comme un super-héros c'est...

12

CULTIVER L'ART DE LA TAILLE

Clasher par pur plaisir, vanner pour se détendre et tailler par pur loisir… Cela confine presque à un art !

Certains sont passés maîtres en la matière, mais comme pour toute discipline, cela se cultive !

Un entraînement de chaque instant vous sera donc nécessaire pour entrer dans le cercle très fermé des super-héros qui clashent comme ils respirent !

Mais n'oubliez jamais que lorsqu'on est taillé dans un tibia de sauterelle, il faut parfois éviter les excès de virilité !

ON A BEAU SE POSER TOUTES LES QUESTIONS DU MONDE, LA MEILLEURE RÉPONSE SERA TOUJOURS : DANS TON CUL !

COLONEL PHILLIPS
(À PEGGY CARTER)

« SI VOUS AVEZ QUELQUE CHOSE À DIRE AGENT CARTER, C'EST LE MOMENT DE VOUS TAIRE. »

— *Captain America : First Avenger*, 2011

WEASEL
(À DEADPOOL)

« T'AS PAS DÉCOLLÉ DEPUIS 72 HEURES… TU COMMENCES À SENTIR LA CHOUCROUTE QU'ON A OUBLIÉ SOUS LA PLUIE, TU SENS LES DÉTRITUS MARINÉS DANS L'URINE TIÈDE. C'EST L'ODEUR DU CHIEN QUI A BOUFFÉ LA LITIÈRE DU CHAT ET QUI PÈTE UN BON COUP AVANT DE SE BARRER. »

— *Deadpool 2*, 2018

JOHNNY

« L'APPAREIL PHOTO NUMÉRIQUE 254$,
LA CARTE MÉMOIRE 59$, MAIS LA TÊTE
DE L'EX-COMMANDANT DE BORD ENDURCI
QUAND IL S'EST FAIT BOMBARDER SOUS-FIFRE,
ÇA N'A PAS DE PRIX. »

— *Les 4 Fantastiques*, 2005

COLOSSUS

« ENLÈVE TON MASQUE, WADE. »

DEADPOOL

« LE PANTALON J'AURAIS DIT OUI. »

— *Deadpool 2*, 2018

TONY STARK

« LE PROJET AVENGERS A ÉTÉ ABANDONNÉ, JE N'AVAIS MÊME PAS ÉTÉ RETENU ! »

PEPPER POTTS

« CECI, JE L'IGNORAIS. »

TONY STARK

« OUI, APPAREMMENT JE SUIS IMPRÉVISIBLE, NARCISSIQUE ET MAUVAIS ÉQUIPIER... »

PEPPER POTTS

« ÇA, JE LE SAVAIS. »

— *Avengers*, 2012

THOR

« C'EST IMPOSSIBLE… »

HELA

« CHÉRI, TU N'AS AUCUNE IDÉE DE CE QUI EST POSSIBLE. »

— *Thor : Ragnarok*, 2017

SÉNATEUR STERN

« MA PRIORITÉ EST DE FAIRE D'IRON MAN LA PROPRIÉTÉ DU PEUPLE DES ÉTATS-UNIS D'AMÉRIQUE. »

TONY STARK

« EH BIEN, VOUS POUVEZ TOUJOURS COURIR. JE SUIS IRON MAN. L'ARMURE N'EST QU'UNE EXTENSION DE MOI ET LA LIVRER AU GOUVERNEMENT REVIENDRAIT À ME CONTRAINDRE À PRENDRE PART À MA PROPRE SERVITUDE OU À LA PROSTITUTION EN FONCTION DES LOIS LOCALES. ET JE M'Y REFUSE. »

SÉNATEUR STERN

« ÉCOUTEZ, JE NE SUIS PAS UN EXPERT… »

TONY STARK

« EN PROSTITUTION ? UN SÉNATEUR COMME VOUS ? JE COMPRENDS PAS. »

— *Iron Man 2*, 2010

DEADPOOL

« UNE FEMME INSPIRÉE M'A DIT UN JOUR : "J'ENTENDS RIEN ENTRE LA QUEUE DANS TA BOUCHE ET L'APITOIEMENT QUI T'ÉTOUFFE." »

— *Deadpool 2*, 2018

-SAM-

CATWOMAN

« VOUS N'ÊTES QUE DE L'HERBE À CHAT POUR MOI. »

— *Batman : Le Défi*, 1992

DRAX

« JE VIENS DE SAUVER QUILL. »

PETER QUILL

« ON EST TOMBÉ D'ACCORD POUR DIRE
QUE BOMBARDER QUELQU'UN,
C'EST PAS LE SAUVER ! »

DRAX

« QUAND ÇA, ON EST TOMBÉ D'ACCORD ? »

PETER QUILL

« MAIS IL Y A TROIS SECONDES ! »

DRAX

« J'AVAIS LA TÊTE AILLEURS, J'ÉCOUTAIS PAS. »

— *Les Gardiens de la Galaxie*, 2014

DEADPOOL

« T'AS ENTENDU DAVID BECKHAM QUAND IL PARLE ? C'EST LE BRUIT D'UN CUNNI SUR UN SAC D'HÉLIUM. TU CROIS QUE RYAN REYNOLDS EN EST ARRIVÉ LÀ GRÂCE À SES PROUESSES DE COMÉDIEN ? »

— *Deadpool*, 2016

JONATHAN CRANE

« À VOUS DE CHOISIR, L'EXIL OU LA MORT ? »

PHILIP STRYVER

« L'EXIL... »

JONATHAN CRANE

« VENDU ! MONSIEUR À LA CULOTTE MOITE ! »

— *The Dark Knight Rises*, 2012

Violette

« Normal ? Je rêve. C'est toi qui parles
de normal ? Depuis quand il y a quoi que
ce soit de normal dans cette famille ?
On se comporte normalement mais
j'aimerais mieux être normale. Le seul
qui est normal ici, c'est Jack-Jack
et il fait encore pipi partout ! »

— *Les Indestructibles*, 2004

AJAX

« D'ACCORD, AUX POINGS. »

DEADPOOL

« AH ? PARCE QU'IL T'ARRIVE
DE TE LES SORTIR DU CUL ? »

— *Deadpool*, 2016

Joker

« J'ai tué ces gars parce qu'ils étaient immondes. Tout le monde est vraiment immonde à l'heure actuelle. Il y a de quoi rendre fou la Terre entière. »

Murray Franklin

« D'accord, alors c'est ça, vous êtes fou ! C'est ça, votre défense pour le meurtre de ces trois jeunes hommes ? »

Joker

« Non, c'est que même sous la menace d'une arme, ils continuaient de chanter faux. »

— *Joker*, 2019

TONY STARK

« SURTOUT NE FAIS PAS CE QUE JE FERAIS, ENCORE MOINS CE QUE JE NE FERAIS JAMAIS. IL RESTE QUAND MÊME UNE PETITE ZONE FLOUE DANS LAQUELLE TU PEUX MANŒUVRER. »

— *Spider-Man : Homecoming*, 2017

DEADPOOL

« UNE FOIS, J'AIMERAIS TROUVER UNE PLANÈTE OÙ TOUS LES MECS SONT MOINS BONS QUE MOI. TOUTE UNE PLANÈTE AVEC RIEN QUE DES BRAS CASSÉS. ET MOI JE VAIS LÀ-BAS, JE SUIS SUPERMAN. »

WEASEL

« C'EST LE CANADA, ÇA ? »

DEADPOOL

« TOI TU FERMES TA SALE BOUCHE, T'ES QU'UN MAL ÉLEVÉ. »

— *Deadpool 2*, 2018

OZYMANDIAS

« FAUT-IL ÊTRE UN GÉNIE POUR VOIR QUE LE MONDE A DES PROBLÈMES ? »

LE COMÉDIEN

« NON, MAIS SACRÉMENT CON POUR CROIRE QUE DES RIGOLOS COMME VOUS SONT DE TAILLE À LES RÉSOUDRE. »

— *Watchmen*, 2009

GAMORA

« JE PARLE PAS À UN VOLEUR
SANS HONNEUR ET SANS FOI. »

ROCKET

« DE LA PART DE LA SERVANTE D'UN ADEPTE
DU GÉNOCIDE, ÇA LAISSE SONGEUR. »

— *Les Gardiens de la Galaxie*, 2014

AGENT J

« LA DIFFÉRENCE ENTRE TOI ET MOI, C'EST QUE MOI, J'AI LA CLASSE. »

— *Men In Black*, 1997

Clasher comme un super-héros c'est...

13

TAPER SUR LA BÊTISE

C'est jouissif, presque trop facile, mais on ne s'en lasse jamais !

Taper sur la bêtise de votre contradicteur est une base incontournable pour l'enterrer à coups de talons !

C'est une évidence qui nous frappe par moments : on est cerné par les cons !

Et qu'on se le dise : démoulé trop tôt, démoulé trop tard, il y en a qu'on ne devrait pas démouler du tout !

La bêtise humaine ne connaît aucune limite et en ce sens, vous pouvez devenir le super-héros de demain qui combattra sa prolifération !

MAY

« CERTAINS CHAPEAUX SERVENT L'HOMME, NED TOI TU SERS CE CHAPEAU. »

NED

« OUAIS, JE ME SENS PLUS FORT AVEC ! »

— *Spider-Man : Homecoming*, 2017

Tony Stark

« Vous venez de la Terre ? »

Peter Quill

« Pas de la Terre. Du Missouri. »

Tony Stark

« Oui, c'est sur la Terre, l'analphabète. »

— *Avengers : Infinity War*, 2018

DOCTEUR MANHATTAN

« L'HOMME LE PLUS MALIN DE CE MONDE NE REPRÉSENTE GUÈRE PLUS DE DANGER À MES YEUX QUE SON TERMITE LE PLUS MALIN. »

— *Watchmen*, 2009

SIF

« JE CONTRÔLE TOTALEMENT LA SITUATION. »

THOR

« C'EST DONC POUR ÇA QUE TOUT S'EMBALLE. »

— *Thor : Le Monde des ténèbres*, 2013

STEPHEN STRANGE

« C'EST DES CONNERIES.
MONTREZ-MOI SON DOSSIER. »

LE THÉRAPEUTE

« JE METTRAI UN MOMENT À TROUVER SA FICHE DANS NOS ARCHIVES MAIS SI ÇA PROUVE QUE VOUS N'ÊTES QU'UN CONNARD ARROGANT, ÇA VAUT LA PEINE. »

— *Doctor Strange*, 2016

TONY STARK

« UN SERVICE FONDÉ SUR L'INTELLIGENCE
QUI A PEUR DE L'INTELLIGENCE.
HISTORIQUEMENT, C'EST PAS TOP. »

— *Avengers*, 2012

JOHNNY

**« JOUONS À RÉFLÉCHIR. À MA DROITE :
VICTOR, PLUS RICHE QUE DIEU LE PÈRE,
LES FEMMES SE L'ARRACHENT. À MA GAUCHE :
RICHARDS, LE SAVANT LE PLUS BÊTE DU MONDE
QUI N'A PAS DE QUOI S'OFFRIR
UN TIMBRE-POSTE. EN VOILÀ UN DILEMME ! »**

— *Les 4 Fantastiques*, 2005

DRAX

« Il faut que tu te trouves une femme pathétique comme toi. »

— *Les Gardiens de la Galaxie 2*, 2017

ANT-MAN

« OH, C'EST PAS VRAI ! »

LUIS

« QUOI ? QU'EST-CE QU'IL Y A ? »

ANT-MAN

« BON, C'EST PAS GAGNÉ,
C'EST PAS UN COFFRE DE DÉBUTANT. »

LUIS

« OH NON ! T'ES SÉRIEUX ? »

ANT-MAN

« C'EST UN CARBONDALE, UN MODÈLE DE 1910.
C'EST AVEC LE MÊME ACIER
QU'ILS ONT FAIT LE TITANIC. »

LUIS

« WOOOAH ! ET TU PEUX FAIRE QUELQUE-CHOSE ? »

ANT-MAN

« IL Y A PEUT-ÊTRE UN MOYEN. IL AIME PAS TROP LES GRANDS FROIDS. RAPPELEZ-VOUS. L'ICEBERG. »

LUIS

« AH BAH OUAIS, ÇA A TUÉ DICAPRIO. »

DAVE

« ILS SONT TOUS MORTS. »

KURT

« NON, PAS TOUS. IL RESTAIT ENCORE LA VIEILLE QUI A BALANCÉ LE CAILLOU DANS L'OCÉAN. »

— *Ant-Man*, 2015

DRAX

« LIBÈRE-MOI DE CET ENFERMEMENT. »

PETER QUILL

« JE DOIS DIRE QUE JE SUIS ASSEZ D'ACCORD AVEC NOTRE DICO AMBULANT. »

DRAX

« JE T'INTERDIS DE ME TRAITER DE DICO. »

PETER QUILL

« C'ÉTAIT UNE MÉTAPHORE. »

ROCKET

« LAISSE TOMBER. IL NE COMPREND PAS LE SECOND DEGRÉ. LES MÉTAPHORES LUI PASSENT AU-DESSUS DE LA TÊTE. »

DRAX

« RIEN NE PASSE AU-DESSUS DE MA TÊTE.
POUR LES RÉFLEXES, J'AI AUCUN RIVAL,
J'ATTRAPE TOUT CE QUI VOLE. »

GAMORA

« JE VAIS MOURIR EN COMPAGNIE
DES PIRES DÉGÉNÉRÉS DE LA GALAXIE. »

— *Les Gardiens de la Galaxie*, 2014

JOHNNY

« T'AS VU LES FILLES QUE J'ME TAPE ? »

ALICIA
(AVEUGLE)

« NON. »

— *Les 4 Fantastiques et le Surfeur d'argent*, 2007

PROFESSEUR BROOM

« NE ME PRENEZ PAS POUR UN MALADE MENTAL, SERGENT WHITMAN. »

SERGENT WHITMAN

« NON, Y A DÉJÀ TROIS JOURS QUE C'EST FAIT, PROFESSEUR BROOM. »

— *Hellboy*, 2004

DR. STRANGE

« POUR QUEL MAÎTRE TRAVAILLEZ-VOUS ? »

PETER QUILL

« POUR QUEL MAÎTRE JE TRAVAILLE ?
QU'EST-CE QUE JE DOIS RÉPONDRE À ÇA ?
JÉSUS ? »

— *Avengers : Infinity War*, 2018

DAGGETT

« SALOPE ET CONNE EN PLUS. »

CATWOMAN

« JAMAIS ON M'AVAIT ACCUSÉ D'ÊTRE CONNE ! »

— *The Dark Knight Rises*, 2012

ROCKET

« QU'EST-CE QUE T'EN AS À CIRER DE LA GALAXIE ? T'ES MARIÉ AVEC ? POURQUOI TU TE CROIS OBLIGÉ DE LA SAUVER, LA GALAXIE ? »

PETER QUILL

« PARCE-QUE JE FAIS PARTIE DES CONS QUI VIVENT DEDANS, JE TE SIGNALE ! »

— *Les Gardiens de la Galaxie*, 2014

Clasher comme un super-héros c'est...

14

SAVOIR RESTER DÉTACHÉ

Quoi qu'il arrive, quelles que soient les attaques dont vous êtes victime, le grand secret des super-héros en matière de clash reste leur capacité à garder une attitude détachée de la situation.

Rien ne les touche comme rien ne doit vous toucher.

Vous êtes au-dessus de cela, et si la bave du crapaud n'atteint pas la blanche colombe, il faut malgré tout savoir s'imposer avec style, tout en gardant cette idée en tête : Ça ne change pas la position des planètes !

THANOS

« JE SUIS INÉLUCTABLE. »

TONY STARK

« ET… MOI… JE SUIS IRON MAN ! »

— *Avengers : Endgame*, 2019

KORG

**« OH MICK EST MORT, OUI, NON.
ACCIDENTELLEMENT JE LUI AI MARCHÉ DESSUS
SUR LE PONT ET JE CULPABILISAIS TELLEMENT
QUE JE L'AI GARDÉ AVEC MOI TOUTE
LA JOURNÉE... OH ! MICK T'ES VIVANT !
HÉ ! IL EST VIVANT !
C'ÉTAIT QUOI LA QUESTION DÉJÀ ? »**

— *Thor : Ragnarok*, 2017

HANCOCK
(AUX TROIS VOLEURS ENFERMÉS DANS LEUR VOITURE QU'IL PROMÈNE AU BOUT DE SA MAIN EN VOLANT AU-DESSUS DE LA VILLE)

« VOUS VOULEZ DESCENDRE ?
AH MAIS J'ASSURE POUR LES DESCENTES !
JE SUIS CHAMPION DU LARGAGE. »

— *Hancock*, 2008

Tony Stark

« On ne survivra pas tous.
S'il reste un seul de ces soldats de plomb dans la nature, tout sera perdu.
Et ce sera saignant. »

Steve Rogers

« Je n'ai rien de prévu demain soir. »

— *Avengers : L'Ère d'Ultron*, 2015

HELLBOY À ABRAHAM (ALORS QU'ILS DESCENDENT TROUVER LE NID DE BESTIOLES DANS LES ÉGOUTS)

« VOILÀ POUR TOI DOCTEUR, ÇA TE PROTÈGERA L'AILERON. UNE RELIQUE, TOUT DROIT DU VATICAN. UN OS DE SAINT DENIS, ON DIRAIT UN PETIT DOIGT. »

ABRAHAM

« RAPPELLE-MOI POURQUOI JE FAIS TOUTES CES CHOSES ? »

HELLBOY

« DES ŒUFS POURRIS ET LE SALUT DE L'HUMANITÉ. »

ABRAHAM

« AH... »

— *Hellboy*, 2004

BRUCE WAYNE
(CHEZ FLASH)

« BARRY ALLEN ! JE SUIS BRUCE WAYNE. »

BARRY ALLEN

« VOUS DITES ÇA COMME SI C'ÉTAIT SUPPOSÉ M'EXPLIQUER POURQUOI IL Y A UN ÉTRANGER ASSIS DANS LE NOIR SUR MA DEUXIÈME CHAISE FAVORITE. »

— *Justice League*, 2017

PETER PARKER

« SI DES ALIENS SE RAMÈNENT
POUR PONDRE DES ŒUFS DANS MA POITRINE
ET DIRE JE DÉVORE L'UN DE VOUS DEUX,
JE M'EXCUSE, HEIN... »

TONY STARK

« JE NE VEUX PLUS UNE SEULE RÉFÉRENCE
À LA POP CULTURE D'ICI LA FIN
DE CETTE MISSION. »

— *Avengers : Infinity War*, 2018

NICK FURY

« CECI EST CE QUE L'AGENT ROMANOFF
A ÉCRIT SUR VOTRE COMPTE, LISEZ. »

TONY STARK

« "PERSONNALITÉ : SOUVENT MENTEUR,
STARK A UN COMPORTEMENT COMPULSIF."
POUR MA DÉFENSE, C'ÉTAIT Y A UNE SEMAINE.
"TENDANCE À L'AUTODESTRUCTION." LE FAIT EST
QUE J'ÉTAIS MOURANT, ET FRANCHEMENT
ON L'EST TOUS PLUS OU MOINS. "SANS
OUBLIER SON NARCISSISME." C'EST VRAI. »

— *Iron Man 2*, 2010

RAY EMBREY

« JE FAIS DE LA COMMUNICATION.
LES GENS NE T'AIMENT PAS. »

HANCOCK

« EST-CE QUE J'AI UNE TRONCHE À
M'INTÉRESSER À CE QUE PENSENT LES GENS ? »

— *Hancock*, 2008

ABRAHAM

« COMBIEN DE TEMPS
C'EST RESTÉ ACCROCHÉ À TOI ? »

HELLBOY

« J'EN SAIS RIEN,
À PEU PRÈS CINQ SECONDES… »

ABRAHAM

« PROFESSEUR, REGARDEZ… »

HELLBOY

« C'EST GRAVE ? »

ABRAHAM

« ÇA T'A TOUCHÉ CINQ SECONDES,
ÇA A PONDU TROIS ŒUFS ! »

HELLBOY

« ET ÇA M'A MÊME PAS FAIT UN PETIT BISOU. »

— *Hellboy*, 2004

CAPTAIN AMERICA

« STARK, NOUS AVONS BESOIN D'UN PLAN D'ATTAQUE. »

TONY STARK

« J'AI UN PLAN... ON ATTAQUE. »

— *Avengers*, 2012

Jack Sparrow

« La cruauté est affaire de perspective. »

— *Pirates des Caraïbes : Jusqu'au bout du monde*, 2007

LE JOKER À BATMAN

« LA SEULE FAÇON RAISONNABLE DE VIVRE EN CE BAS MONDE, C'EST EN DEHORS DES RÈGLES. »

— *The Dark Knight : Le Chevalier noir*, 2008

Index des films

Ant-Man – De Peyton Reed – 2015
Ant-Man et la Guêpe – De Peyton Reed – 2018
Avengers – De Joss Whedon – 2012
Avengers : L'Ère d'Ultron – De Joss Whedon – 2015
Avengers : Infinity War – De Joe Russo et Anthony Russo – 2018
Avengers : Endgame – De Joe Russo et Anthony Russo – 2019
Batman – De Tim Burton – 1989
Batman : Le Défi – De Tim Burton – 1992
Batman Forever – De Joel Schumacher – 1995
Batman Begins – De Christopher Nolan – 2005
Batman v Superman : L'Aube de la justice – De Zack Snyder – 2016
Black Panther – De Ryan Coogler – 2018
Birds of Prey (et la fantabulcuse histoire de Harley Quinn) – De Cathy Yan – 2020
Captain America : First Avenger – De Joe Johnston – 2011
Captain America : Le Soldat de l'hiver – D'Anthony Russo et Joe Russo – 2014
Captain America : Civil War – De Anthony Russo et Joe Russo – 2016
Catwoman – De Pitof – 2004

Deadpool – De Tim Miller – 2016
Deadpool 2 – De David Leitch – 2018
Green Lantern – De Martin Campbell – 2011
Hancock – De Peter Berg – 2008
Hellboy – De Guillermo del Toro – 2004
Hellboy : Les Légions d'or maudites – De Guillermo del Toro – 2008
Hulk – De Ang Lee – 2003
Iron Man – De Jon Favreau – 2008
Iron Man 2 – De Jon Favreau – 2010
Iron Man 3 – De Shane Black – 2013
Joker – De Todd Phillips – 2019
Judge Dredd – De Danny Cannon – 1995
Justice League – De Zack Snyder – 2017
Kick-Ass – De Matthew Vaughn – 2010
Kick-Ass 2 – De Jeff Wadlow – 2013
Les 4 Fantastiques – De Josh Trank – 2005
Les 4 Fantastiques et le Surfeur d'argent – De Tim Story – 2007
Les Gardiens de la Galaxie – De James Gunn – 2014
Les Gardiens de la Galaxie 2 – De James Gunn – 2017
Les Indestructibles – De Brad Bird – 2004
Man of Steel – De Zack Snyder – 2013
Men In Black – De Barry Sonnenfeld – 1997
Men In Black 2 – De Barry Sonnenfeld – 2002
Pirates des Caraïbes : La Malédiction du Black Pearl – De Gore Verbinski – 2003
Sin City – De Robert Rodriguez, Frank Miller, Quentin Tarantino – 2005

Pirates des Caraïbes : Le Secret du coffre maudit – De Gore Verbinski – 2006
Pirates des Caraïbes : Jusqu'au bout du monde – De Gore Verbinski – 2007
Spider-Man 3 – De Sam Raimi – 2007
Spider-Man : Homecoming – De Jon Watts – 2017
Spider-Man, Far From Home – De Jon Watts – 2019
Star Wars : Épisode 1, La Menace fantôme – De George Lucas – 1999
Star Wars : Épisode 6, Le Retour du Jedi – De Richard Marquand – 1983
Suicide Squad – De David Ayer – 2016
The Amazing Spider-Man – De Marc Webb – 2012
The Amazing Spider-Man : Le Destin d'un héros – De Marc Webb – 2014
The Dark Knight : Le Chevalier noir – De Christopher Nolan – 2008
The Dark Knight Rises – De Christopher Nolan – 2012
The Lone Ranger – De Gore Verbinski – 2013
Thor – De Kenneth Branagh – 2011
Thor : Le Monde des ténèbres – De Alan Taylor – 2013
Thor : Ragnarok – De Taika Waititi – 2017
Watchmen : Les Gardiens – De Zack Snyder – 2009
Wolverine : Le Combat de l'immortel – De James Mangold – 2013
X-Men – De Bryan Singer – 2000
X-Men 2 – De Bryan Singer – 2003
X-Men : L'Affrontement final – De Brett Ratner – 2006
X-Men : Le Commencement – De Matthew Vaughn – 2011

Bibliographie

www.stephanegarnier.com
www.facebook.com/stephanegarnier.officiel
www.linkedin.com/in/stephanegarnier
www.instagram.com/stephane.garnier.auteur

DU MÊME AUTEUR

- *30 jours pour devenir un chat*, 2021, Éditions de l'Opportun
- *L'art (très) délicat des prédictions*, 2021, Éditions de l'Opportun
- *Agir et penser comme un chat*, 2020, poche, Le Livre de Poche
- *Je cartonne à l'oral*, 2020, L'Etudiant Éditions
- *Agir et penser comme James Bond*, Éditions de l'Opportun, 2020
- *Espions, petits et grands secrets*, Éditions de l'Opportun, 2020
- *C'était Chirac*, 2019, Éditions de l'Opportun
- *Agir et penser comme un chat - Saison 2*, 2019, Éditions de l'Opportun
- *Le chat en 500 citations*, poche, 2019, Éditions de l'Opportun
- *C'est vraiment trop con de finir comme ça !*, 2019, Éditions de l'Opportun
- *Off - Ta vie commence quand tu raccroches*, 2018, Éditions de l'Opportun
- *Agir et penser comme un chat - Cahier d'exercices*, 2018, Éditions de l'Opportun
- *Catissime*, 2018, Éditions de l'Opportun
- *Super Radin*, 2017, Éditions de l'Opportun
- *Agir et penser comme un chat !*, 2017, Éditions de l'Opportun
- *Le chat en 500 citations*, 2017, Éditions de l'Opportun
- *Ma vie en mode Feignasse - Fergie & Stéphane Garnier*, 2017, Éditions de l'Opportun
- *Comment le Petit Mélenchon est devenu le plus grand !*, 2017, Éditions de l'Opportun

Composition et mise en pages
Nord Compo à Villeneuve-d'Ascq

Imprimé en France en mai 2021
par Normandie Roto Impression s.a.s.
61250 Lonrai
N° d'impression : 2102336
Dépôt légal : juin 2021
ISBN : 9782380152920